有料 / 有趣 / 有爱

静待时光，温暖相伴，安然成

U0453647

飞翔的鸟窝

一路开花/编

线装書局

图书在版编目（ＣＩＰ）数据

飞翔的鸟窝 / 一路开花编. — 北京：线装书局，
2021.3

ISBN 978-7-5120-4089-2

Ⅰ.①飞… Ⅱ.①一… Ⅲ.①散文集—中国—当代
Ⅳ.①I267

中国版本图书馆 CIP 数据核字(2020)第 150180 号

飞翔的鸟窝

编　　者：　一路开花
责任编辑：　李春艳
出版发行：　线装書局
　　　　　　地　址：北京市丰台区方庄日月天地大厦 B 座 17 层（100078）
　　　　　　电　话：010-58077126（发行部）　　010-58076938（总编室）
　　　　　　网　址：www.zgxzsj.com

经　　销：　新华书店
印　　刷：　唐山富达印务有限公司
开　　本：　650mm×910mm　　1/16
印　　张：　13
字　　数：　155 千字
版　　次：　2021 年 3 月第 1 版第 1 次印刷
印　　数：　00001—10000 册
定　　价：　49.80 元

线装书局官方微信

在阅读中优雅老去

二十岁时,第一次去凤凰,不为古镇美景,只为能与偶居夺翠楼的黄永玉先生见上一面。

时逢雨季,沱江奔啸,烟波微茫信难求。苦待数日,仍没能等到想见之人。

在清冷的雨丝中独自徘徊,满心失落。无意走进一家书店,里面尽是沈从文先生的文本作品。无处可去,只好在僻幽的角落里翻阅旧籍。而后,一发不可收。

回程当日,总觉有重要东西遗落城中,寻思许久,才跑去那条巷子的书店里买了本周身泛黄的《边城》。这本有着深蓝小印戳的《边城》,至今仍安躺于我的书柜里——它不仅使我在未果的行程中找到些许补偿,更让我在之后的时光无比怀念二十岁的自己。

再后来,兴许命里所定,真与书结下了不解之缘。不但自己看书写书,更领着诸多热爱文学的人走上了自己想走的路。

我经常跟学生们说,阅读是写作的命脉,只有不断阅读,才能保持创作角度的新颖和思维的敏捷。然而,阅读所赐予的,又何止是这些?

不管在何时何地,只要手中捧着一本书,心里便会觉得安然。书不但能排遣无聊的寂寞,将岁月的伤痛逐一缝补,还能把心灵淬炼成一块玲珑美玉。

一个爱书之人,必是睿智且沉稳的。遇事不惊,处之泰然。古人所说的"腹有诗书气自华",便是这意思。

生命本就是一次有限的跋涉。一个经常看书和一个经常沉迷在网游世界的人,心灵绝对是不一样的。前者,往往更能体悟一叶一菩提的真谛。

书本所给予心灵的力量,是不可言喻的。十年寒窗,说的并不是读书人的艰辛,而是意在表述读书人的坚忍和不懈。试问,有多少人可以在寒窗下十年如一日地重复做同一件事情?

正如北大教授曹文轩所说一般,世间最优雅的姿态,就是阅读。不论静坐还是倾卧,甚至在厕所里,它都是最美的姿态。因为这样的人,通常都会从骨子里散发出一种极具亲和力的书卷气。

阅读人物，通晓历史，可以他人鉴知自己得失；阅读杂文，百味世事，可在辛言辣语中澡雪精神；阅读情感，温热肺腑，可居书香浓情里滋养心灵；阅读故事，体会人生，可于静谧岁月中倾情流泪……

每一种书，都是风景；每一本书，都是亟待窥破的秘密。

宋朝诗人黄山谷有一句名言："三日不读书，便觉语言无味，面目可憎。"这其中说的，就是每日读书的重要性。

本系列图书，所遵循的就是这个简单的理论。通过遴选当下不同类型的精华文章，给读者送去不同的心灵养分——成长卷让你懂得如何珍惜青春，成功卷让你明白如何把握自己的人生，真情卷让你寻回本真的感动，感悟卷让你看到世界别样的美好……

为了能找到年度最精华的文章，为了给读者省去寻找的烦琐，我们几乎把本年度的期刊翻了个遍，邀请了24位最受中学生喜爱的作家，目的就是去其糟粕，取其精华。

这些作家的名字，不仅经常出现在全国各大刊物，还经常出现在各省市的中高考语文阅读理解试题中——我们的宗旨只有一个，就是为这个时代的读者，奉献好书。

但愿我们可以放慢匆乱的步伐，一起在欢愉的阅读中，优雅老去。

一路开花

2018 年 12 月书于云南曲靖

第一辑　冬阳·童年·骆驼队

山中杂记——遥寄小朋友 …………

………………………………… 冰　心 / 2

含羞草 ………………… 叶圣陶 / 16

求　雨 ………………… 汪曾祺 / 24

冬阳·童年·骆驼队…… 林海音 / 27

第二辑　我的幼年

一个车夫 ………………… 巴　金 / 31

看　花 ………………… 朱自清 / 35

九年的家乡教育………… 胡　适 / 40

雅舍谈吃(节选)………… 梁实秋 / 55

我的幼年 ………………… 巴　金 / 61

第三辑　飞翔的鸟窝

突　围 ………………… 梁晓声 / 70

梦里的小汽车 ………… 孙幼军 / 83

姊姊的歌声 …………… 席慕蓉 / 88

游泳裤小孩 …………… 梅子涵 / 93

飞翔的鸟窝 …………… 曹文轩 / 99

第四辑　长途跋涉的肉羹

我的老师 ……………… 贾平凹 / 103

长途跋涉的肉羹 ……… 林清玄 / 106

在压力下茁壮 ………… 刘　墉 / 109

给我一粒脱身丸 ……… 毕淑敏 / 112

没有哪一代青春是容易的 ……………

………………………… 一路开花 / 125

第五辑　想念的距离

我的回忆录 …………… 舒辉波 / 129

想念的距离 …………… 周博文 / 133

木头人 ………………… 吉葡乐 / 142

"树袋熊"的美妙生日 party ……………

………………………… 胡　莹 / 154

猫的演说 ……………… 王一梅 / 159

第六辑　我的同桌是上帝

电话大串线 …………… 周　锐 / 163

蒜罐和杵棒 …………… 芷　涵 / 169

我的同桌是上帝 ……… 杨　鹏 / 175

打个盹儿的工夫 ……… 曾维惠 / 185

狐狸山 ………………… 郝天晓 / 190

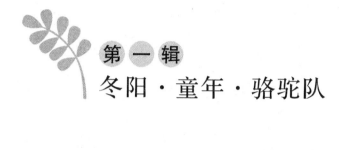

第一辑
冬阳·童年·骆驼队

　　夏天过去，秋天过去，冬天又来了，骆驼队又来了，但是童年却一去不还。冬阳底下学骆驼咀嚼的傻事，我也不会再做了。可是，我是多么想念童年住在北京城南的那些景色和人物啊！我对自己说，把它们写下来吧，让实际的童年过去，心灵的童年永存下来。看见冬阳下的骆驼队走过来，听见缓慢悦耳的铃声，童年重临于我的心头。

山中杂记——遥寄小朋友

◎ 冰 心

　　大夫说是养病，我自己说是休息，只觉得在拘管而又浪漫的禁令下，过了半年多。这半年中有许多在童心中可惊可笑的事，不足为大人道。只盼他们看到这几篇的时候，唇角下垂，鄙夷的一笑，随手的扔下。而有两三个孩子，拾起这一张纸，渐渐地感起兴味，看完又彼此嬉笑，讲说，传递；我就已经有说不出的喜欢！本来我这两天有无限的无聊。天下许多事都没有道理，比如今天早起那样的烈日，我出去散步的时候，热得头昏。此时近午，却又阴云密布，大风狂起。廊上独坐，除了胡写，还有什么事可做呢？

　　　　　　　　　　　　一九二四年六月二十三日，沙穰。

（一）我怯弱的心灵

　　我小的时候，也和别的孩子一样，非常的胆小。大人们又爱逗我，我的小舅舅说什么《聊斋》，什么《夜谈随录》，都是些僵尸、白面的女鬼等等。在他还说着的时候，我就不自然的惴惴的四顾，塞坐在大人中间,故意地咳嗽。睡觉的时候,看着帐门外,似乎出其不意的也许伸进一只鬼手来。我只这样想着,便用被将自己的头蒙得严严的,结果是睡得周身是汗!

十三四岁以后,什么都不怕了。在山上独自中夜走过丛冢,风吹草动,我只回头凝视。满立着狰狞的神像的大殿,也敢在阴暗中小立。母亲屡屡说我胆大,因为她像我这般年纪的时候,还是怯弱得很。

我白日里的心,总是很宁静,很坚强,不怕那些看不见的鬼怪。只是近来常常在梦中,或是在将醒未醒之顷,一阵悚然,从前所怕的牛头马面,都积压了来,都聚围了来。我呼唤不出,只觉得怕得很,手足都麻木,灵魂似乎蜷曲着。挣扎到醒来,只见满山的青松,一天的明月。洒然自笑,——这样怯弱的梦,十年来已绝不做了,做这梦时,又有些悲哀!

童年的事都是有趣的,怯弱的心情,有时也极其可爱。

(二)埋存与发掘

山中的生活,是没有人理的。只要不误了三餐和试验体温的时间,你爱做什么就做什么,医生和看护都不来拘管你。

正是童心乘时再现的时候,从前的爱好,都拿来重温一遍。

美国不是我的国,沙穰不是我的家。偶以病因缘,在这里游戏半年,离此后也许此生不再来。不留些纪念,觉得有点过意不去,于是我几乎每日做埋存与发掘的事。

我小的时候,最爱做这些事:墨鱼脊骨雕成的小船,五色纸粘成的小人等等,无论什么东西,玩够了就埋起来。树叶上写上字,掩在土里。石头上刻上字,投在水里。想起来时就去发掘看看,想不起来,也就让它悄悄地永久埋存在那里。

病中不必装大人,自然不妨重做小孩子!游山多半是独行,于是随时随地留下许多纪念,名片,西湖风景画,用过的纱巾等等,几乎满山中星罗棋布。经过芍药花下,流泉边,山亭里,都使我微笑,这其中都有我的手泽!兴之所至,又往往去掘开看看。

有时也遇见人,我便挖挲着泥污的手,不好意思地站了起来。本来这些事很难解说。人家问时,说又不好,不说又不好,迫不得已只有一笑。因此女伴们更喜欢追问,我只有躲着她们。

那一次一位旧朋友来,她笑说我近来更孩子气,更爱脸红了。童心的再现,有时使我不好意思是真的,半年的休养,自然血气旺盛,脸红那有什么爱不爱的可言呢?

(三)古国的音乐

去冬多有风雪。风雪的时候,便都坐在广厅里,大家随便谈笑,开话匣子,弹琴,编绒织物等等,只是消磨时间。

荣是希腊的女孩子,年纪比我小一点,我们常在一处玩。

她以古国国民自居,拉我做伴,常常和美国的女孩子戏笑口角。

我不会弹琴,她不会唱,但闷来无事,也就走到琴边胡闹。翻来覆去地只是那几个简单的熟调子。于是大家都笑道:

"趁早停了罢,这是什么音乐?"她傲然地叉手站在琴旁说:"你们懂得什么?这是东西两古国,合奏的古乐,你们哪里配领略!"琴声仍旧不断,歌声愈高,别人的对话,都不相闻。

于是大家急了,将她的口掩住,推到屋角去,从后面连椅子连我,一齐拉开,屋里已笑成一团!

最妙的是连"印第阿那的月"等等的美国调子,一经我们用过,以后无论何时,一听得琴声起,大家都互相点头笑说:"听古国的音乐呵!"

(四)雨雪时候的星辰

寒暑表降到冰点下十八度的时候,我们也是在廊下睡觉。

每夜最熟识的就是天上的星辰了。也不过只是点点闪烁的光明,而相看惯了,偶然不见,也有些想望与无聊。

连夜雨雪,一点星光都看不见。荷和我拥衾对坐,在廊子的两角,遥遥谈话。

荷指着说:"你看维纳司(Venus)升起了!"我抬头望时,却是山路转折处的路灯。我怡然一笑,也指着对山的一星灯火说:"那边是周彼得(Jupiter)呢!"

愈指愈多,松林中射来零乱的风灯,都成了满天星宿。真的,雪花隙里,看不出天空和山林的界限,将繁灯当作繁星,简直是抵得过。

一念至诚的将假作真,灯光似乎都从地上飘起。这幻成的星光,都不移动,不必半夜梦醒时,再去追寻它们的位置。

于是雨雪寂寞之夜,也有了慰安了!

(五)她得了刑罚了

休息的时间,是万事不许作的。每天午后的这两点钟,乏倦时觉得需要,睡不着的时候,觉得白天强卧在床上,真是无聊。

我常常偷着带书在床上看,等到看护妇来巡视的时候,就赶紧将书压在枕头底下,闭目装睡。——我无论如何淘气,也不敢大犯规矩,只到看书为止。而璧这个女孩子,往往悄悄地起来,抱膝坐在床上,逗引着别人谈笑。

这一天她又坐起来，看看无人，便指手画脚的学起医生来。大家正卧着看着她笑，看护妇已远远地来了。她的床正对着甬道，卧下已来不及，只得仍旧皱眉地坐着。

看护妇走到廊上。我们都默然，不敢言语。她问璧说，"你怎么不躺下？"璧笑说："我胃不好，不住地打呃，躺下就难受。"看护妇道："你今天饭吃得怎样？"璧惴惴的忍笑地说：

"还好！"看护妇沉吟了一会便走出去。璧回首看着我们，抱头笑说："你们等着，这一下子我完了！"

果然看见看护妇端着一杯药进来，杯中泡泡作声。璧只得接过，皱眉四顾。我们都用毡子藏着脸，暗暗地笑得喘不过气来。

看护妇看着她一口气喝完了，才又慢慢地出去。璧颓然的两手捧着胸口卧了下去，似哭似笑地说："天呵！好酸！"

她以后不再胡说了，无病吃药是怎样难堪的事。大家谈起，都快意，拍手笑说："她得了刑罚了！"

（六）Eskimo

沙穰的小朋友替我上的Eskimo的徽号，是我所喜爱的，觉得比以前的别的称呼都有趣！

Eskimo是北美森林中的蛮族。黑发披裘，以雪为屋。过的是冰天雪地的渔猎生涯。我哪能像他们那样的勇敢？

只因去冬风雪无阻的林中游戏行走。林下冰湖正是沙穰村中小朋友的溜冰处。我经过，虽然我们屡次相逢，却没有说话。我只觉得他们往往地停了游走，注视着我，互相耳语。

以后医生的甥女告诉我,沙穰的孩子传说林中来了一个 Eskimo。问他们是怎样说法,他们以黑发披裘为证。医生告诉他们说不是 Eskimo,是院中一个养病的人,他们才不再惊说了。

假如我是真的 Eskimo 呢,我的思想至少要简单了好些,这是第一件可羡的事。曾看过一本书上说:"近代人五分钟的思想,够原始人或野蛮人想一年的。"人类在生理上,五十万年来没有进步,而劳心劳力的事,一年一年的增加,这是疾病的源泉,人生的不幸!

我愿终身在森林之中,我足踏枯枝,我静听树叶微语。清风从林外吹来,带着松枝的香气。白茫茫的雪中,除我外没有行人。我所见所闻,不出青松白雪之外,我就似可满意了!

出院之期不远,女伴戏对我说:"出去到了车水马龙的波士顿街上,千万不要惊倒,这半年的闭居,足可使你成个痴子!"

不必说,我已自惊悚,一回到健康道上,世事已接踵而来……我倒愿做 Eskimo 呢。黑发披裘,只是外面的事!

(七)说几句爱海的孩气的话

白发的老医生对我说:"可喜你已大好了,城市于你不宜,今夏海滨之行,也是取消了为妙。"

这句话如同平地起了一个焦雷!

学问未必都在书本上。纽约、康桥、芝加哥这些人烟稠密的地方,终身不去也没有什么,只是说不许我到海边去,这却太使我伤心了。

我抬头张目地说:"不,你没有阻止我到海边去的意思!"

他笑道:"是的,我不愿意你到海边去,太潮湿了,于你新愈的身体没有好处。"

我们争执了半点钟,至终他说:"那么你去一个礼拜罢!"

他又笑说:"其实秋后的湖上,也够你玩的了!"

我爱慰冰,无非也是海的关系。若完全的叫湖光代替了海色,我似乎不大甘心。

可怜,沙穰的六个多月,除了小小的流泉外,连慰冰都看不见!山也是可爱的,但和海比,的确比不起,我有我的理由!

人常常说:"海阔天空。"只有在海上的时候,才觉得天空阔远到了尽量处。在山上的时候,走到岩壁中间,有时只见一线天光。即或是到了山顶,而因着天末是山,天与地的界线便起伏不平,不如水平线的齐整。

海是蓝色灰色的。山是黄色绿色的。拿颜色来比,山也比海不过,蓝色灰色含着庄严淡远的意味,黄色绿色却未免浅显小方一些。固然我们常以黄色为至尊,皇帝的龙袍是黄色的,但皇帝称为"天子",天比皇帝还尊贵,而天却是蓝色的。

海是动的,山是静的;海是活泼的,山是呆板的。昼长人静的时候,天气又热,凝神望着青山,一片黑郁郁的连绵不动,如同病牛一般。而海呢,你看她没有一刻静止!从天边微波粼粼的直卷到岸边,触着崖石,更欣然的溅跃了起来,开了灿然万朵的银花!

四围是大海,与四围是乱山,两者相较,是如何滋味,看古诗便可知道。比如说海上山上看月出,古诗说:"南山塞天地,日月石上生。"细细咀嚼,这两句形容乱山,形容得极好,而光景何等臃肿,崎岖,僵冷,读了不使人生快感。而"海上生明月,天涯共此时",也是月出,光景却何等妩媚,遥远,璀璨!

原也是的,海上没有红白紫黄的野花,没有蓝雀红襟等等美丽的小鸟。然而野花到秋冬之间，便都萎谢，反予人以凋落的凄凉。海上的朝霞晚霞，天上水里反映到不止红白紫黄这几个颜色。这一片花，却是四时不断的。说到飞鸟，蓝雀红襟自然也可爱，而海上的沙鸥，白胸翠羽，轻盈的飘浮在浪花之上，"凌波微步，罗袜生尘"。看见蓝雀红襟，只使我联忆到"山禽自唤名"，而见海鸥，却使我联忆到千古颂赞美人，颂赞到绝顶的句子，是"婉若游龙，翩若惊鸿"！

在海上又使人有透视的能力，这句话天然是真的！你倚阑俯视，你不由自主地要想起这万顷碧琉璃之下，有什么明珠，什么珊瑚，什么龙女，什么鲛纱。在山上呢，很少使人想到山石黄泉以下，有什么金银铜铁。因为海水透明，天然的有引人们思想往深里去的趋向。

简直越说越没有完了，总而言之，统而言之，我以为海比山强得多。说句极端的话，假如我犯了天条，赐我自杀，我也愿投海，不愿坠崖！

争论真有意思！我对于山和海的品评，小朋友们愈和我辩驳愈好。"人心之不同，各如其面"，这样世界上才有个不同和变换。假如世界上的人都是一样的脸，我必不愿见人。假如天下人都是一样的嗜好，穿衣服的颜色式样都是一般的，则世界成了一个大学校，男女老幼都穿一样的制服。想至此不但好笑，而且无味！再一说，如大家都爱海呢，大家都搬到海上去，我又不得清静了！

（八）他们说我幸运

山做了围墙，草场成了庭院，这一带山林是我游戏的地方。早晨朝露还颗颗闪烁的时候，我就出去奔走，鞋袜往往都被露水淋湿了。黄昏睡起，短裙卷袖，微风吹衣，晚霞中我又游云似的在山路上徘徊。

固然的，如词中所说："落日解鞍芳草岸，花无人戴，酒无人劝，醉也无人管！"不是什么好滋味；而"无人管"的情景，有时却真难得。你要以山中踯躅的态度，移在别处，可就不行。在学校中，在城市里，是不容你有行云流水的神意的。只因管你的人太多了！

我们楼后的儿童院，那天早晨我去参观了。正值院里的小朋友们在上课，有的在默写生字，有的在做算学。大家都有点事牵住精神，而忙中偷闲，还暗地传递小纸条，偷说偷玩，小手小脚，没有安静的时候。这些孩子我都认得，只因他们在上课，我只在后面悄悄地坐着，不敢和他们谈话。

不见黑板六个月了，这倒不觉得怎样。只是看见教员桌上那个又大又圆的地球仪，满屋里矮小的桌子椅子，字迹很大的卷角的书：倏时将我唤回到十五年前去。而黑板上写着的 — $15 + 10 - 9 \times 69$——方程式。以及站在黑板前扶头思索，将粉笔在手掌上乱画的小朋友，我看着更觉得有一种说不出的怅惘。窗外日影徐移，虽不是我在上课，而我呆呆地看着壁上的大钟，竟有急盼放学的意思！

放学了，我正和教员谈话，小朋友们围拢来将我拉开了。

保罗笑问我说："你们那楼里也有功课么？"我说："没有，我们天天只是玩！"彼得笑叹道："你真是幸运！"

他们也是休养着，却每天仍有四点钟的功课。我出游的工夫，只在一定的时间里，才能见着他们。

唤起我十五年前的事，惭愧"三七二十一，四七二十八"的背乘数表等等，我已算熬过去，打过这一关来了！而回想半年前，厚而大的笔记本，满屋满架的参考书，教授们流水般的口讲，……如今病好了，这生活还必须去过，又是怅然。

这生活还必须去过。不但人管，我也自管。"哀莫大于心死"，被人管的时候,传递小纸条偷说偷玩等事,还有工夫做。

而自管的时候,这种动机竟决然没有。十几年的训练,使人绝对的被书本征服了!

小朋友,"幸运"这两字又岂易言?

(九)机器与人类幸福

小朋友一定知道机器的用处和好处,就是省人力,能在很短的时间内做很重大的工作。

在山中闲居,没有看见别的机器的机会,而山右附近的农园中的机器,已足使我赞叹。

他们用机器耕地,用机器撒种,以至于刈割等等,都是机器一手经理。那天我特地走到山前去,望见农人坐在汽机上,开足机力,在田地上突突爬走。很坚实的土地,汽机过处,都水浪似的,分开两边,不到半点钟工夫,很宽阔一片地,都已耕松了。

农人从衣袋里掏出表来一看,便缓缓地捩转汽机,回到园里去。我也自转身。不知为何,竟然微笑。农人运用大机器,而小机器的表,又指挥了农人。我觉得很滑稽!

我小的时候,家园墙外,一望都是麦地。耕种收割的事,是最熟见不过的了。农夫农妇,汗流浃背地蹲在田里,一锄一锄地掘,一镰刀一镰刀的割。我在旁边看着,往往替他们吃力,又觉得迟缓的可怜!

两下里比起来,我确信机器是增进人类幸福的工具。但昨天我对于此事又有点怀疑。

昨天一下午,楼上楼下几十个病人都没有睡好!休息的时间内,山前耕地的汽机,轧轧的声满天地。酷暑的檐下,蒸炉一般热的床上,听着这单调而枯燥，震耳欲聋的铁器声，连续不断，脑筋完全跟着它颠簸了。焦躁加上震动，真使人有疯狂的倾向！

楼上下一片喃喃怨望声，却无法使这机器止住。结果我自己头痛欲裂。楼下那几个日夜发烧到一百零三，一百零四度的女孩子，我真替她们可怜，更不知她们烦恼到什么地步！

农人所节省的一天半天的工夫，和这几十个病人，这半日精神上所受的痛苦和损失，比较起来，相差远了！ 机器又似乎未必能增益人类的幸福。

想起幼年我的书斋只和麦地隔一道墙。假如那时的农人也用机器，简直我的书不用念了！

这声音直到黄昏才止息。我因头痛，要出去走走，顺便也去看看那害我半日不得休息的汽机。——走到田边，看见三四个农人正站着踌躇，手臂都叉在腰上，摇头叹息。原来机器坏了。这座东西笨重的很，十个人也休想搬得动，只得明天再开一座汽机来拉它。我一笑就回来了——

（十）鸟兽不可与同群

女伴都笑莳玲是个傻子。而她并没有傻子的头脑，她的话有的我很喜欢。她说："和人谈话真拘束，不如同小鸟小猫去谈。它们不扰乱你，而且温柔的静默的听你说。"

我常常看见她坐在樱花下，对着小鸟，自说自笑。有时坐在廊上，抚着小猫，半天不动。这种行径，我并不觉得讨厌，也许就是因此，女伴才赠她以傻子的徽号，也未可知。

和人谈话未必真拘束，但如同生人，大人先生等等，正襟危坐的谈起来，却真不能说是乐事。十年来正襟危坐谈话的时候，一天比一天的多。我虽也做惯了，但偶有机会，我仍想释放我自己。这半年我就也常常做傻子了！

第一乐事，就是拔草喂马。看着这庞然大物，温驯的磨动它的松软的大口，和齐整的大牙，在你手中吃嚼青草的时候，你觉得它有说不尽的妩媚。

每日山后牛棚，拉着满车的牛乳罐的那匹斑白大马，我每日喂它。乳车停住了，驾车人往厨房里搬运牛乳，我便慢慢地过去。在我跪伏在樱花底下，拔那十样锦的叶子的时候，它便倒转那狭长而良善的脸来看我，表示它的欢迎与等待。我们渐渐熟识了，远远地看见我，它便抬起头来。我相信我离开之后，它虽不会说话，它必每日的怀念我。

还有就是小狗了。那只棕色的，在和我生分的时候，曾经吓过我。那一天雪中游山，出其不意在山顶遇见它，它追着我狂吠不止，我吓得走不动。它看我吓怔了，才住了吠，得了胜利似的，垂尾下山而去。我看它走了，一口气跑了回来。

一夜没有睡好，心脉每分钟跳到一百十五下。

女伴告诉我，它是最可爱的狗，从来不咬人的。以后再遇见它，我先呼唤它的名字，它竟摇尾走了过来。自后每次我游山，它总是前前后后地跟着走。山林中雪深的时候，光景很冷静。它总算助了我不少的胆子。

此外还有一只小黑狗，尤其跳荡可爱。一只小白狗，也很驯良。

我从来不十分爱猫。因为小猫很带狡猾的样子，又喜欢抓人。医院中有一只小黑猫，在我进院的第二天早起刚开了门，它已从门隙塞进来，一跃到我床上，悄悄地便伏在我的怀前，眼睛慢慢地闭上，很安稳的便要睡着。我最怕小猫睡时呼吸的声音！我想推它，又怕它抓我。那几天我心里又难过，因此愈加焦躁。幸而看护妇不久便进来！我皱眉叫她抱出这小猫去。

以后我渐渐地也爱它了。它并不抓人。当它仰卧在草地上，用前面两只小爪，拨弄着玫瑰花叶，自惊自跳的时候，我觉得它充满了活泼和欢悦。

小鸟是怎样的玲珑娇小呵！在北京城里，我只看见老鸦和麻雀。有时也看见啄木鸟。在此却是雪未化尽，鸟儿已成群的来了。最先的便是青鸟。西方人以青鸟为快乐的象征，我看最恰当不过。因为青鸟的鸣声中，婉转地报着春的消息。

知更雀的红胸，在雪地上，草地上站着，都极其鲜明。小蜂雀更小到无可苗条，从花梢飞过的时候，竟要比花还小。我在山亭中有时抬头瞥见，只屏息静立，连眼珠都不敢动，我似乎恐怕将这弱不禁风的小仙子惊走了。

此外还有许多毛羽鲜丽的小鸟，我因找不出它们的中国名字，只得阙疑。早起朝日未出，已满山满谷地起了轻美的歌声。在朦胧的晓风之中，欹枕倾听，使人心魂俱静。春是鸟的世界，"以鸟鸣春"和"春眠不觉晓，处处闻啼鸟"，这两句话，我如今彻底的领略过了！

我们幕天席地的生涯之中，和小鸟最相亲爱。玫瑰和丁香丛中更有青鸟和知更雀的巢，那巢都是筑得极低，一伸手便可触到。我常常去探望小鸟的家庭，而我却从不做偷卵捉雏等等破坏它们家庭幸福的事。我想到我自己不过是暂时离家，我的母亲和父亲已这样的牵挂。假如我被人捉去，关在笼里，永远不得回来呢，我的父亲母亲岂不心碎？我爱自己，也爱雏鸟，我爱我的双亲，我也爱雏鸟的双亲！

　　而且是怎样有趣的事,你看小鸟破壳出来,很黄的小口,毛羽也很稀疏,觉得很丑。它们又极其贪吃,终日张口在巢里啾啾地叫!累得它母亲飞去飞回的忙碌。渐渐地长大了,它母亲领它们飞到地上。它们的毛羽很蓬松,两只小腿蹒跚地走,看去比它们的母亲还肥大。它们很傻的样子,茫然地跟着母亲乱跳。母亲偶然啄得了一条小虫,它们便纷然的过去,啾啾地争着吃。早起母亲教给它们歌唱,母亲的声音极婉转,它们的声音,却很憨涩。这几天来,它们已完全的会飞了,会唱了,也知道自己觅食,不再累它们的母亲了。前天我去探望它们时,这些雏鸟已不在巢里,它们已筑起新的巢了,在离它们的父母的巢不远的枝上,它们常常来看它们的父母的。

　　还有虫儿也是可爱的。藕荷色的小蝴蝶,背着圆壳的蜗牛,嗡嗡的蜜蜂,甚至于水里每夜乱唱的青蛙,在花丛中闪烁的萤虫,都是极温柔,极其孩子气的。你若爱它,它也爱你们。

　　因为它们太喜爱小孩子。大人们太忙,没有工夫和它们玩。

含羞草

◎ 叶圣陶

　　一棵小草跟玫瑰是邻居。小草又矮又难看，叶子细碎，像破梳子，茎瘦弱，像麻线，站在旁边，没一个人看它。玫瑰可不同了，绿叶像翡翠雕成的，花苞饱满，像奶牛的乳房，谁从旁边过，都要站住细看看，并且说："真好看！快开了。"

　　玫瑰花苞里有一个，仰着头，扬扬得意地说："咱们生来是玫瑰花，太幸运了。将来要过什么样的幸福生活，现在还不能很一定，咱们先谈谈各自的愿望吧。春天这么样长，闷着不谈谈，真有点儿烦。"

　　"我愿意来一回快乐的旅行，"一个脸色粉红的花苞抢着说，"我长得漂亮，这并不是我自己夸，只要有眼睛的就会相信。凭我这副容貌，我想跟我一块儿去的，不是阔老爷，就是阔小姐。只有他们才配得上我呀。他们的衣服用伽南香熏过，还洒上很多巴黎的香水，可是我蹲在他们的衣襟上，香味最浓，最新鲜，真是压倒一切，你说这是何等荣耀！车，不用说，当然是头等。椅子呢，是鹅绒铺的，坐上去软绵绵的，真是舒服得不得了。窗帘是织锦的，上边的花样是有名的画家设计的。放下窗帘,你可以欣赏那名画,并且,车里光线那么柔和,睡一会儿午觉也正好。要是拉开窗帘,那就更好了,窗外边清秀的山林,碧绿的田野,在那里飞,飞,飞,转,转,转。这样舒服的旅行,我想是最有意思的了。"

"你想得很不错呀!"好些玫瑰花苞在暖暖的春天本来有点儿疲倦,听它这么一说,精神都来了,好像它们自己已经蹲在阔老爷阔小姐的衣襟上,正坐在头等火车里作快乐的旅行。

可是附近传来轻轻的慢慢地声音:"你要去旅行,这确是很有意思,可是,为什么一定要蹲在阔老爷阔小姐的衣襟上呢?你不能谁也不靠,自己想怎么着就怎么着吗?并且,你为什么偏看中了头等车呢?一样是坐火车,我劝你坐四等车。"

"听,谁在那儿说怪话?"玫瑰花苞们仰起头看,天青青的,灌木林里只有几个蜜蜂嗡嗡地飞,鸟儿一个也没有,大概是到树林里玩耍去了——找不到那个说话的。玫瑰花苞们低下头一看,明白了,原来是邻居的小草,它抬着头,摇摆着身子,像是一个辩论家,正在等对方答复。

"头等车比四等车舒服,我当然要坐头等车。"愿意旅行的那个玫瑰花苞随口说。说完,它又想,像小草这么卑贱的东西,怎么能懂得什么叫舒服,非给它解释一下不可。它就用教师的口气说:"舒服是生活的尺度,你知道吗?过得舒服,生活才算有意义,过得不舒服,活一辈子也是白活。所以吃东西就要山珍海味,穿衣服就要绫罗绸缎。吃杂粮,穿粗布,自然也可以将就活着,可是,有吃山珍海味、穿绫罗绸缎舒服吗?当然没有。就为这个,我就不能吃杂粮,穿粗布。同样的道理,四等车虽然也可以坐着去旅行,我可看不上。座位那么脏,窗户那么小,简直得憋死。你倒劝我去坐四等车,你安的什么心？"

小草很诚恳地说："哪样舒服,哪样不舒服,我也不是不明白,只是,咱们来到这世界,难道就专为求舒服吗？我以为不见得,并且不应该。咱们不能离开同伴,自个儿过日子。并且,自己舒服了,看见旁边有好些同伴正在受罪,又想到就因为自己舒服了他们才受罪,舒服正是罪过,这时候舒服还能不变成烦恼吗？知道是罪过,是烦恼,还有人肯去做吗？求舒服,想吃好的、穿好的、用好的,都是不知道反省、不知道自己的行为是罪过的人做的。"

愿意旅行的那个玫瑰花苞冷笑了一声,很看不起小草的样子说："照你这么说,大家挤在监狱似的四等车里去旅行,才是最合理啦！那么,最舒服的头等车当然用不着了,只好让可怜的四等车在铁路上跑来跑去了,这不是退化是什么！你大概还没知道,咱们的目的是世界走向进化,不是走向退化。"

"你居然说到进化！"小草也冷笑一声,"我真忍不住笑了。你自己坐头等车,看着别人猪羊一样在四等车里挤,这就算是走向进化吗？照我想,凡是有一点儿公平心的,他也一样盼望世界进化,可是在大家不能都有头等车坐的时候,他就宁可坐四等车。四等车虽然不舒服,比起亲自干不公平的事情来,还舒服得多呢。"

"嘘！嘘！嘘！"玫瑰花苞们嫌小草讨厌,像戏院的观众对付坏角色一样,想用声音把它轰跑,"无知的小东西,别再胡说了！"

"咱们还是说说各自的希望吧。谁先说？"一个玫瑰花苞提醒大家。

"我愿意在赛花会里得第一名奖赏。"说话的是一朵半开的玫瑰花,它用柔和的颤音说,故意显出娇媚的样子,"在这个会上,参加比赛的没有凡花野花,都是世界上第一等的,稀有的,还要经过细心栽培,细心抚养,一句话,完全是高等生活里培养出来的。在这个会上得第一名奖赏,就像女郎当选全世界的头一个美人一样,真是什么荣耀也比不上。再说会上的那些裁判员,没一个是一知半解的,他们学问渊博,有正确的审美标准,知道花的姿势怎么样才算好,颜色怎么样才算好,又有历届赛花会的记录做参考,当然一点儿也不会错。他们判定的第一名,是地地道道的第一名,这是多么值得骄傲。还有呢,彩色鲜明气味芬芳的会场里,挤满了高贵的文雅的男女游客,只有我,站在最高的紫檀几上的古瓷瓶里,在全会场的中心,收集所有的游客的目光。看吧,爱花的老翁拈着胡须向我点头了,华贵的阔佬挺着肚皮向我出神了,美丽的女郎也冲着我,从红嘴唇的缝儿里露出微笑了。我,这时候,简直快活得醉了。"

"你也想得很不错呀!"好些玫瑰花苞都一致赞美。可是想到第一名只能有一个,就又都觉得第一名应该归自己,不应该归那个半开的:不论比种族,比生活,比姿势,比颜色,自己都不比那个半开的差。

但是那个好插嘴的小草又说话了,态度还是很诚恳的:"你想上进,比别人强,志气确是不错。可是,为什么要到赛花会里去争第一名呢?你不能离开赛花会,显显你的本事吗?并且,你为什么这样相信那些裁判员呢?依我说,同样的裁判,我劝你宁可相信乡村的庄稼老。"

"你又胡说!"玫瑰花苞们这回知道是谁说话了,低下头看,果然是那邻居的小草,它抬着头,摇摆着身子,在那里等着答复。

愿意得奖的玫瑰花苞歪着头,很看不起小草的样子,自言自语说:"相信庄稼老的裁判?太可笑了!不论什么事,都有内行,有外行,外行夸奖一百句,不着边儿,不如内行的一句。我不是说过吗?赛花会上那些裁判员,有学问,有标准,又有丰富的参考,对于花,他们当然是百分之百的内行。为什么不相信他们的裁判呢？"它说到这里，心里的骄傲压不住了，就扭一扭身子，显显漂亮，接着说："如果我跟你这不懂事的小东西摆在一起，他们一定选上我，踢开你。这就证明他们有真本领，能够辨别什么是美，什么是丑。为什么不相信他们的裁判呢？"

"我并不想跟你比赛，抢你的第一名，"小草很平静地说，"不过你得知道，你们以为最美丽的东西，不过是他们看惯了的东西罢了。他们看惯了把花朵扎成大圆盘的菊花，看惯了枝干弯曲得不成样子的梅花，就说这样的花最美丽。就说你们玫瑰吧，你们的祖先也这么臃肿吗？当然不是。也因为他们看惯了臃肿的花，以为臃肿就是美，园丁才把你们培养成这样子，你还以为这是美丽吗？什么爱花的老翁，华贵的阔佬，美丽的女郎，还有有学问有标准的裁判员，他们是一伙儿，全是用习惯代替辨别的人物。让他们夸奖几句，其实没有什么意思。"

愿意得奖的玫瑰花苞生气了，噘着嘴说："照你这么一说，赛花会里就没一个人能辨别啦？难道庄稼老反倒能辨别吗？只有庄稼老有辨别的眼光，咳！世界上的艺术真算完了！"

"你提到艺术，"小草不觉兴奋起来，"你以为艺术就是故意做成歪斜屈曲的姿势，或者高高地站在紫檀几上的古瓷瓶里吗？依我想，艺术要有活跃的生命，真实的力量，别看庄稼老……"

"不要听那小东西乱说了，"另一个玫瑰花苞说，"看，有人买花来了，咱们也许要离开这里了。"

来的是个肥胖的厨子，胳膊上挎着个篮子，篮子里盛着脖子割破的鸡，鳃一起一落的快死的鱼，还有一些青菜和莴苣。厨子背后跟着个弯着腰的老园丁。

老园丁举起剪刀，咔嚓咔嚓，剪下一大把玫瑰花苞。这时候，有个蜜蜂从叶子底下飞出来，老园丁以为它要蜇手，一袖子就把它拍到地上。

剪下来的玫瑰花苞们一半好意，一半恶意，跟小草辞别说："我们走了，荣耀正在等着我们。你自个儿留在这里，也许要感到寂寞吧？"它们顺手推一下小草的身体，算是表示恋恋不舍地感情。

一阵羞愧通过小草的全身，破梳子般的叶子立刻合起来，并且垂下去，正像一个害羞的孩子，低着头，垂着胳膊。它替无知的庸俗的玫瑰花苞们羞愧，明明是非常无聊，它们却以为十分光荣。

过了一会儿，小草忽然听见一个低微的嗡嗡的声音，像病人的呻吟。它动了怜悯的心肠，往四下里看看，问："谁哼哼哪？碰见什么不幸的事情啦？"

"是我，在这里。我被老园丁拍了一下，一条腿受伤了，痛得很厉害。"声音是从玫瑰丛下边的草里发出来。

小草往那里看，原来是一只蜜蜂。它很悲哀地说："腿受伤啦？要赶紧找医生去治，不然，就要成瘸子了。"

"成了瘸子，就不容易站在花瓣上采蜜了！这还了得！我要赶紧找医生去。只是不知道什么地方有医生。"

"我也不知道——喔，想起来了，常听人说'药里的甘草'，甘草是药材，一定知道什么地方有医生。隔壁有一棵甘草，等我问问它。"小草说完，就扭过头去问甘草。

甘草回答说，那边大街上，医生多极了，凡是门口挂着金字招牌，上边写某某医生的都是。

"那你就快到那边大街上，找个医生去治吧！"小草催促蜜蜂说，"你还能飞不能？要是还能飞，你要让那只受伤的腿蜷着，防备再受伤。"

"多谢！我就照你的话办。我飞是还能飞，只是腿痛，连累得翅膀没力气。忍耐着慢慢飞吧。"蜜蜂说完，就用力扇翅膀，飞走了。

小草看蜜蜂飞走了，心里还是很惦记它，不知道能不能很快治好，如果十天半个月不能好，这可怜的小朋友就要耽误工作了。它一边想，一边等，等了好半天，才见蜜蜂哭丧着脸飞回来，翅膀像是断了的样子，歪歪斜斜地落下来，受伤的腿照旧蜷着。

"怎么样？"小草很着急地问，"医生给你治了吗？"

"没有。我找遍了大街上的医生，都不肯给我治。"

"是因为伤太重，他们不能治吗？"

"不是。他们还没看我的腿，就跟我要很贵的诊费。我说我没有钱，他们就说没钱不能治。我就问了，'你们医生不是专给人家治病的吗？我受了伤为什么不给治？'他们反倒问我，'要是谁有病都给治，我们真是吃饱了没事做吗？'我就说，'你们懂得医术，给人治病，正是给社会尽力，怎么说吃饱了没事做呢？'他们倒也老实，说，'这种力我们尽不了，你把我们捧得太高了。我们只知道先接钱，后治病。'我又问，'你们诊费诊费不离口，金钱和治病到底有什么分不开的关系呢？'他们说，'什么关系？我们学医术，先得花钱，目的就在现在给人治病挣更多的钱。你看金钱和治病的关系怎么能分开？'我再没什么话跟他们说了，我拿不出诊费，只好带着受伤的腿回来。朋友，我真没想到，世界上有这么多医生，却不给没钱的人治病！"蜜蜂伤感极了，身体歪歪斜斜的，只好靠在小草的茎上。

又是一阵羞愧通过小草的全身，破梳子般的叶子立刻合起来，并且垂下去，正像一个害羞的孩子，低着头，垂着胳膊。它替不合理的世间羞愧，有病走进医生的门，却有被拒绝的事情。

没多大工夫，一个穿短衣服的男子来了，买了小草，装在盆里带回去，摆在屋门前。屋子是草盖的，泥土打成的墙，没有窗，只有一个又矮又窄的门。从门往里看，里边一片黑。这屋子附近，还有屋子，也是这个样子。这样的草屋有两排，面对面，当中夹着一条窄街，满地是泥，脏极了，苍蝇成群，有几处还存了水。水深黑色，上边浮着一层油光，仔细看，水面还在轻轻地动，原来有无数孑孓在里边游泳。

小草正往四处看，忽然看见几个穿制服的警察走来，叫出那个穿短衣服的男子，怒气冲冲地说："早就叫你搬开，为什么还赖在这里？"

"我没地方搬哪！"男子愁眉苦脸地回答。

"胡说！市里空房子多得很，你不去租，反说没地方搬！"

"租房子得钱，我没钱哪！"男子说着，把两只手一摊。

"谁叫你没钱！你们这些破房子最坏，着了火，一烧就是几百家，又脏成这样，闹起瘟疫来，不知道要害死多少人。早就该拆。现在不能再容让了，这里要建筑华丽的市场，后天开工。去，去，赶紧搬，赖在这里也没用！"

"往哪儿搬！叫我搬到露天去吗？"男子也生气了。

"谁管你往哪儿搬！反正得离开这儿。"说着，警察就钻进草屋，紧接着一件东西就从屋里飞出来，掉在地上，嘭！是一个饭锅。饭锅在地上连转带跑，碰着小草的盆子。

又是一阵羞愧通过小草的全身，破梳子般的叶子立刻合起来，并且垂下去，正像一个害羞的孩子，低着头，垂着胳膊。它替不合理的世间羞愧，要建筑华丽的市场，却有不管人家住在什么地方的事情。

这小草，人们叫它"含羞草"，可不知道它羞愧的是上边讲的一些事情。

求　雨

◎　汪曾祺

昆明栽秧时节通常是不缺雨的。雨季已经来了，三天两头地下着。停停，下下；下下，停停。空气是潮湿的，洗的衣服当天干不了。草长得很旺盛。各种菌子都出来了。青头菌、牛肝菌、鸡油菌……稻田里的泥土被雨水浸得透透的，每块田都显得很膏腴，很细腻。积蓄着的薄薄的水面上停留着云影。

人们戴着斗笠，把新拔下的秧苗插进稀软的泥里……但是偶尔也有那样的年月，雨季来晚了，缺水，栽不下秧。今年就是这样。因为通常不缺雨水，这里的农民都不预备龙骨水车。他们用一个戽斗，扯动着两边的绳子，从小河里把浑浊的泥浆一点一点地浇进育苗的秧田里。但是这一点点水，只能保住秧苗不枯死，不能靠它插秧。

秧苗已经长得过长了，再不插就不行了。然而稻田里却是干干的。整得平平的田面，晒得结了一层薄壳，裂成一道一道细缝。多少人仰起头来看天，一天看多少次。然而天蓝得要命。天的颜色把人的眼睛都映蓝了。雨呀，你怎么还不下呀！雨呀，雨呀！

　　望儿也抬头望天。望儿看看爸爸和妈妈,他看见他们的眼睛是蓝的。望儿的眼睛也是蓝的。他低头看地,他看见稻田里的泥面上有一道一道螺蛳爬过的痕迹。望儿想了一个主意:求雨。望儿昨天看见邻村的孩子求雨,他就想过:我们也求雨。

　　他把村里的孩子都叫在一起,找出一套小锣小鼓,就出发了。

　　一共十几个孩子,大的十来岁,最小的一个才六岁。这是一个枯瘦、褴褛、有些污脏的,然而却是神圣的队伍。他们头上戴着柳条编成的帽圈,敲着不成节拍的、单调的小锣小鼓:冬冬当,冬冬当……他们走得很慢。走一段,敲锣的望儿把锣槌一举,他们就唱起来:

　　　　小小儿童哭哀哀,

　　　　撒下秧苗不得栽。

　　　　巴望老天下大雨,

　　　　乌风暴雨一起来。

　　调子是非常简单的,只是按照昆明话把字音拉长了念出来。他们的声音是凄苦的,虔诚的。这些孩子都没有读过书。他们有人模模糊糊地听说过有个玉皇大帝,还有个龙王,龙王是管下雨的。但是大部分孩子连玉皇大帝和龙王也不知道。他们只知道天,天是无常的。它有时对人很好,有时却是无情的,它的心很狠。他们要用他们的声音感动天,让它下雨。

　　(这地方求雨和别处大不一样,都是利用孩子求雨。所以望儿他们能找出一套小锣小鼓。大概大人们以为天也会疼惜孩子,会因孩子的哀求而心软。)

　　他们戴着柳条圈,敲着小锣小鼓,歌唱着,走在昆明的街上。

小小儿童哭哀哀，

撒下秧苗不得栽。

巴望老天下大雨，

乌风暴雨一起来。

过路的行人放慢了脚步，或者干脆停下来，看着这支幼小的、褴褛的队伍。他们的眼睛也是蓝的。

望儿的村子在白马庙的北边。他们从大西门，一直走过华山西路、金碧路，又从城东的公路上走回来。

他们走得很累了，他们都还很小。就着泡辣子，吃了两碗苞谷饭，就都爬到床上睡了。一睡就睡着了。

半夜里，望儿叫一个炸雷惊醒了。接着，他听见屋瓦上噼噼啪啪的声音。过了一会，他才意识过来：下雨了！他大声喊起来："爸！妈！下雨啦！"

他爸他妈都已经起来了，他们到外面去看雨去了。他们进屋来了。他们披着蓑衣，戴着斗笠。斗笠和蓑衣上滴着水。"下雨了！"

"下雨了！"

妈妈把油灯点起来，一屋子都是灯光。灯光映在妈妈的眼睛里。妈妈的眼睛好黑，好亮。爸爸烧了一杆叶子烟，叶子烟的火光映在爸爸的脸上，也映在他的眼睛里。

第二天，插秧了！

全村的男女老少都出来了，到处都是人。

望儿相信，这雨是他们求下来的。

冬阳·童年·骆驼队

◎ 林海音

骆驼队来了，停在我家的门前。

它们排列成一长串，沉默地站着，等候人们的安排。天气又干又冷。拉骆驼的摘下了他的毡帽，秃瓢儿上冒着热气，是一股白色的烟，融入干冷的大气中。

爸爸和他讲价钱。双峰的驼背上，每匹都驮着两麻袋煤。我在想，麻袋里面是"南山高末"呢？还是"乌金墨玉"呢？我常常看见顺城街煤栈的白墙上，写着这样几个大黑字。但是拉骆驼的说，他们从门头沟来，他们和骆驼，是一步一步走来的。

另外一个拉骆驼的，在招呼骆驼们吃草料。它们把前脚一屈，屁股一撅，就跪了下来。

爸爸已经和他们讲好价钱了。人在卸煤，骆驼在吃草。

我站在骆驼的面前，看它们吃草料咀嚼的样子：那样丑的脸，那样长的牙，那样安静的态度。它们咀嚼的时候，上牙和下牙交错地磨来磨去，大鼻孔里冒着热气，白沫子沾满在胡须上。我看得呆了，自己的牙齿也动起来。

老师教给我，要学骆驼，沉得住气的动物。看它从不着急，慢慢地走，慢慢地嚼，总会走到的，总会吃饱的。也许它天生是该慢慢地，偶然躲避车子跑两步，姿势很难看。

骆驼队伍过来时，你会知道，打头儿的那一匹，长脖子底下总会系着一个铃铛，走起来"铛、铛、铛"地响。

"为什么要一个铃铛？"我不懂的事就要问一问。

爸爸告诉我，骆驼很怕狼，因为狼会咬它们，所以人类给它们戴上了铃铛，狼听见铃铛的声音，知道那是有人类在保护着，就不敢侵犯了。

我的幼稚心灵中却充满了和大人不同的想法，我对爸爸说：

"不是的，爸爸！它们软软的脚掌走在软软的沙漠上，没有一点点声音，你不是说，它们走上三天三夜都不喝一口水，只是不声不响地咀嚼着从胃里倒出来的食物吗？一定是拉骆驼的人们，耐不住那长途寂寞的旅程，所以才给骆驼带上了铃铛，增加一些行路的情趣。"

爸爸想了想，笑笑说：

"也许，你的想法更美些。"

冬天快过完了，春天就要来了，太阳特别的暖和，暖得让人想把棉袄脱下来。可不是吗？骆驼也脱掉它的旧驼绒袍子啦！它的毛皮一大块一大块地从身上掉下来，垂在肚皮底下。我真想拿把剪刀替它们剪一剪，因为太不整齐了。拉骆驼的人也一样，他们身上那件反穿大羊皮，也都脱下来了，搭在骆驼背的峰上。麻袋空了，"乌金墨玉"都卖了，铃铛在轻松的步伐里响得更清脆。

夏天来了，再不见骆驼的影子，我又问妈：

"夏天它们到哪里去？"

“谁？”

“骆驼呀！”

妈妈回答不上来了，她说：“总是问，总是问，你这孩子！”

夏天过去，秋天过去，冬天又来了，骆驼队又来了，但是童年却一去不还。冬阳底下学骆驼咀嚼的傻事，我也不会再做了。

可是，我是多么想念童年住在北京城南的那些景色和人物啊！我对自己说，把它们写下来吧，让实际的童年过去，心灵的童年永存下来。

就这样，我写了一本《城南旧事》。我默默地想，慢慢地写。看见冬阳下的骆驼队走过来，听见缓慢悦耳的铃声，童年重临于我的心头。

第二辑
我的幼年

　　是什么东西把我养育大的？我常常拿这个问题问我自己。当我这样问的时候，最先在我的脑子里浮动的就是一个"爱"字。父母的爱，骨肉的爱，人间的爱，家庭生活的温暖，我的确是一个被人爱着的孩子。在那时候一所公馆便是我的世界，我的天堂。我爱一切的生物，我讨好所有的人。我愿意揩干每张脸上的眼泪，我希望看见幸福的微笑挂在每个人的嘴边。

一个车夫

◎ 巴 金

这些时候我住在朋友方的家里。

有一天我们吃过晚饭，雨已经住了，天空渐渐地开朗起来。傍晚的空气很凉爽。方提议到公园去。

"洋车！洋车！公园后门！"我们站在街口高声叫道。

一群车夫拖着车子跑过来，把我们包围着。

我们匆匆跳上两部洋车，让车夫拉起走了。

我在车上坐定了，用安闲的眼光看车夫。我不觉吃了一惊。在我的眼前晃动着一个瘦小的背影。我的眼睛没有错。拉车的是一个小孩，我估计他的年纪还不到十四。

"小孩儿，你今年多少岁？"我问道。

"十五岁！"他很勇敢、很骄傲地回答，仿佛十五岁就达到成人的年龄了。他拉起车子向前飞跑。他全身都是劲。

"你拉车多久了？"我继续问他。

"半年多了。"小孩依旧骄傲地回答。

"你一天拉得到多少钱？"

"还了车租剩得下二十吊钱！"

我知道二十吊钱就是四角钱。

"二十吊钱，一个小孩儿，真不易！"拉着方的车子的中年车夫在旁边发出赞叹了。

"二十吊钱，你一家人够用？你家里有些什么人？"方听见小孩的答话，也感到兴趣了，便这样地问了一句。

这一次小孩却不作声了，仿佛没有听见方的话似的。他为什么不回答呢？我想大概有别的缘故，也许他不愿意别人提这些事情，也许他没有父亲，也许连母亲也没有。

"你父亲有吗？"方并不介意，继续发问道。

"没有！"他很快地答道。

"母亲呢？"

"没有！"他短短地回答，声音似乎很坚决，然而跟先前的显然不同了。声音里露出了一点痛苦来。我想他说的不一定是真话。

"我有个妹子，"他好像实在忍不住了，不等我们问他，就自己说出来："他把我妹子卖掉了。"

我一听这话马上就明白这个"他"字指的是什么人。我知道这个小孩的身世一定很悲惨。我说："那么你父亲还在——"

小孩不管我的话，只顾自己说下去："他抽白面，把我娘赶走了，妹子卖掉了，他一个人跑了。"

这四句短短的话说出了一个家庭的惨剧。在一个人幼年所能碰到的不幸的遭遇中，这也是够厉害的了。

"有这么狠的父亲！"中年车夫慨叹地说了。"你现在住在哪儿？"

他一面拉车，一面和小孩谈起话来。他时时安慰小孩说："你慢慢儿拉，省点儿力气，先生们不怪你。"

"我就住在车厂里面。一天花个一百子儿。剩下的存起来……做衣服。"

"一百子儿"是两角钱，他每天还可以存两角。

"这小孩儿真不易，还知道存钱做衣服。"中年车夫带着赞叹的调子对我们说。以后他又问小孩："你父亲来看过你吗？"

"没有，他不敢来！"小孩坚决地回答。虽是短短的几个字，里面含的怨气却很重。

我们找不出话来了。对于这样的问题我还没有仔细思索过。在我知道了他的惨痛的遭遇以后，我究竟应该拿什么话劝他呢？

中年车夫却跟我们不同。他不加思索，就对小孩发表他的道德的见解：

"小孩儿，听我说。你现在很好了。他究竟是你的天伦。他来看你，你也该拿点钱给他用。"

"我不给！我碰着他就要揍死他！"小孩毫不迟疑地答道，语气非常强硬。我想不到一个小孩的仇恨会是这样的深！他那声音，他那态度……他的愤怒仿佛传染到我的心上来了。我开始恨起他的父亲来。

中年车夫碰了一个钉子，也就不再开口了。两部车子在北长街的马路上滚着。

我看不见那个小孩的脸，不知道他脸上的表情，但是从他刚才的话里，我知道对于他另外有一个世界存在。没有家，没有爱，没有温暖，只有一根生活的鞭子在赶他。然而他能够倔强！他能够恨！他能够用自己的两只手举起生活的担子，不害怕，不悲哀。他能够做别的生在富裕的环境里的小孩所不能够做的事情,而且有着他们所不敢有的思想。

生活毕竟是一个洪炉。它能够锻炼出这样倔强的孩子来。甚至人世间最惨痛的遭遇也打不倒他。

就在这个时候,车子到了公园的后门。我们下了车,付了车钱。我借着灯光看小孩的脸。出乎我意料,它完全是一张平凡的脸,圆圆的,没有一点特征。但是当我的眼光无意地触到他的眼光时,我就大大地吃惊了。这个世界里存在着的一切,在他的眼里都是不存在的。在那一对眼睛里,我找不到承认任何权威的表示。我从没有见过这么骄傲、这么倔强、这么坚定的眼光。

我们买了票走进公园,我还回过头去看小孩,他正拉着一个新的乘客昂起头跑开了。

看 花

◎ 朱自清

生长在大江北岸一个城市里，那儿的园林本是著名的，但近来却很少；似乎自幼就不曾听见过"我们今天看花去"一类话，可见花事是不盛的。有些爱花的人，大都只是将花栽在盆里，一盆盆搁在架上；架子横放在院子里。院子照例是小小的，只够放下一个架子；架上至多搁二十多盆花罢了。有时院子里依墙筑起一座"花台"，台上种一株开花的树；也有在院子里地上种的。但这只是普通的点缀，不算是爱花。

家里人似乎都不甚爱花；父亲只在领我们上街时，偶然和我们到"花房"里去过一两回。但我们住过一所房子，有一座小花园，是房东家的。那里有树，有花架（大约是紫藤花架之类），但我当时还小，不知道那些花木的名字；只记得爬在墙上的是蔷薇而已。园中还有一座太湖石堆成的洞门；现在想来，似乎也还好的。在那时由一个顽皮的少年仆人领了我去，却只知道跑来跑去捉蝴蝶；有时掐下几朵花，也只是随意按弄着，随意丢弃了。

至于领略花的趣味，那是以后的事：夏天的早晨，我们那地方有乡下的姑娘在各处街巷，沿门叫着，"卖栀子花来。"栀子花不是什么高品，但我喜欢那白而晕黄的颜色和那肥肥的个儿，正和那些卖花的姑娘有着相似的韵味。栀子花的香，浓而不烈，清而不淡，也是我乐意的。我这样便爱起花来了。也许有人会问，"你爱的不是花吧？"这个我自己其实也已不大弄得清楚，只好存而不论了。

在高小的一个春天，有人提议到城外F寺里吃桃子去，而且预备白吃；不让吃就闹一场，甚至打一架也不在乎。那时虽远在五四运动以前，但我们那里的中学生却常有打进戏园看白戏的事。中学生能白看戏，小学生为什么不能白吃桃子呢？我们都这样想，便由那提议人纠合了十几个同学，浩浩荡荡地向城外而去。到了F寺，气势不凡地呵斥着道人们（我们称寺里的工人为道人），立刻领我们向桃园里去。道人们踌躇着说："现在桃树刚才开花呢。"但是谁信道人们的话？

我们终于到了桃园里。大家都丧了气，原来花是真开着呢！这时提议人P君便去折花。道人们是一直步步跟着的，立刻上前劝阻，而且用起手来。但P君是我们中最不好惹的；"说时迟，那时快"，一眨眼，花在他的手里，道人已跟跄在一旁了。那一园子的桃花，想来总该有些可看；我们却谁也没有想着去看。只嚷着，"没有桃子，得沏茶喝！"道人们满肚子委屈地引我们到"方丈"里，大家各喝一大杯茶。这才平了气，谈谈笑笑地进城去。大概我那时还只懂得爱一朵朵的栀子花，对于开在树上的桃花，是并不了然的；所以眼前的机会，便从眼前错过了。

以后渐渐念了些看花的诗，觉得看花颇有些意思。但到北平读了几年书，却只到过崇效寺一次；而去得又嫌早些，那有名的一株绿牡丹还未开呢。北平看花的事很盛，看花的地方也很多；但那时热闹的似乎也只有一班诗人名士,其余还是不相干的。那正是新文学运动的起头,我们这些少年,对于旧诗和那一班诗人名士,实在有些不敬;而看花的地方又都远不可言,我是一个懒人,便干脆地断了那条心了。

后来到杭州做事,遇见了 Y 君,他是新诗人兼旧诗人,看花的兴致很好。我和他常到孤山去看梅花。孤山的梅花是古今有名的,但太少;又没有临水的,人也太多。有一回坐在放鹤亭上喝茶,来了一个方面有须,穿着花缎马褂的人,用湖南口音和人打招呼道,"梅花盛开嗒!""盛"字说得特别重,使我吃了一惊;但我吃惊的也只是说在他嘴里"盛"这个声音罢了,花的盛不盛,在我倒并没有什么的。

有一回,Y 来说,灵峰寺有三百株梅花;寺在山里,去的人也少。我和 Y,还有 N 君,从西湖边雇船到岳坟,从岳坟入山。曲曲折折走了好一会,又上了许多石级,才到山上寺里。寺甚小,梅花便在大殿西边园中。园也不大,东墙下有三间净室,最宜喝茶看花;北边有座小山,山上有亭,大约叫"望海亭"吧,望海是未必,但钱塘江与西湖是看得见的。梅树确是不少,密密地低低地整列着。那时已是黄昏,寺里只我们三个游人;梅花并没有开,但那珍珠似的繁星似的骨朵儿,已经够可爱了;我们都觉得比孤山上盛开时有味。

大殿上正做晚课,送来梵呗的声音,和着梅林中的暗香,真叫我们舍不得回去。在园里徘徊了一会,又在屋里坐了一会,天是黑定了,又没有月色,我们向庙里要了一个旧灯笼,照着下山。路上几乎迷了道,又两次三番地狗咬;我们的 Y 诗人确有些窘了,但终于到了岳坟。船夫远远迎上来道:"你们来了,我想你们不会冤我呢!"在船上,我们还不离口地说着灵峰的梅花,直到湖边电灯光照到我们的眼。

Y 回北平去了,我也到了白马湖。那边是乡下,只有沿湖与杨柳相间着种了一行小桃树，春天花发时，在风里娇媚地笑着。还有山里的杜鹃花也不少。这些日日在我们眼前，从没有人像煞有介事地提议，"我们看花去。"但有一位 S 君，却特别爱养花；他家里几乎是终年不离花的。我们上他家去，总看他在那里不是拿着剪刀修理枝叶，便是提着壶浇水。我们常乐意看着。

他院子里一株紫薇花很好，我们在花旁喝酒，不知多少次。白马湖住了不过一年，我却传染了他那爱花的嗜好。但重到北平时，住在花事很盛的清华园里，接连过了三个春，却从未想到去看一回。只在第二年秋天，曾经和孙三先生在园里看过几次菊花。"清华园之菊"是著名的，孙三先生还特地写了一篇文，画了好些画。但那种一盆一干一花的养法，花是好了，总觉没有天然的风趣。直到去年春天，有了些余闲，在花开前，先向人问了些花的名字。一个好朋友是从知道姓名起的，我想看花也正是如此。

恰好 Y 君也常来园中，我们一天三四趟地到那些花下去徘徊。今年 Y 君忙些，我便一个人去。我爱繁花老干的杏，临风婀娜的小红桃，贴梗累累如珠的紫荆；但最恋恋的是西府海棠。海棠的花繁得好，也淡得好；艳极了，却没有一丝荡意。疏疏的高干子，英气隐隐逼人。可惜没有趁着月色看过；王鹏运有两句词道："只愁淡月朦胧影，难验微波上下潮。"我想月下的海棠花，大约便是这种光景吧。为了海棠，前两天在城里特地冒了大风到中山公园去，看花的人倒也不少；但不知怎的，却忘了畿辅先哲祠。

Y 告我那里的一株，遮住了大半个院子；别处的都向上长，这一株却是横里伸张的。花的繁没有法说；海棠本无香，昔人常以为恨，这里花太繁了，却酝酿出一种淡淡的香气，使人久闻不倦。Y 告我，正是刮了一日还不息的狂风的晚上；他是前一天去的。他说他去时地上已有落花了，这一日一夜的风，准完了。他说北平看花，是要赶着看的：春光太短了，又晴的日子多；今年算是有阴的日子了，但狂风还是逃不了的。我说北平看花，比别处有意思，也正在此。这时候，我似乎不甚菲薄那一班诗人名士了。

九年的家乡教育

◎ 胡 适

（一）

　　我生在光绪十七年十一月十七日（一八九一年十二月十七），那时候我家寄住在上海大东门外。我生后两个月，我父亲被台湾巡抚邵友濂奏调往台湾；江苏巡抚奏请免调，没有效果。我父亲于十八年二月底到台湾，我母亲和我搬到川沙住了一年。十九年（一八九三）二月二十六日我们一家（我母，四叔介如，二哥嗣秬，三哥嗣秠）也从上海到台湾。我们在台南住了十个月。十九年五月，我父亲做台东直隶州知州，兼统镇海后军各营。台东是新设的州，一切草创，故我父不带家眷去。到十九年底，我们才到台东。我们在台东住了整一年。

　　甲午（一八九四）中日战事开始，台湾也在备战的区域，恰好介如四叔来台湾，我父亲便托他把家眷送回徽州故乡，保留二哥嗣秬跟着他在台东。我们于乙未年（一八九五）正月离开台湾，二月初十日从上海起程回绩溪故乡。

　　那年四月，中日和议成，把台湾割让给日本。台湾绅民反对割台，要求巡抚唐景崧坚守。唐景崧请西洋各国出来干涉，各国不允。台人公请唐为台湾民主国大总统，帮办军务刘永福为主军大总统。我父亲在台东办后山的防务，电报已不通，饷源已断绝。那时他已得脚气病，左脚已不能行动，他守到闰五月初三日，始离开后山。到安平时，刘永福苦苦留他帮忙，不肯放行。到六月廿五日，他双脚都不能动了，刘永福始放他行。六月廿八到厦门，手足俱不能动了。七月初三日他死在厦门，成为东亚第一个民主国的第一个牺牲者！

　　这时候我只有三岁零八个月，我仿佛记得我父死信到家时，我母亲正在家中老屋的前堂，她坐在房门口的椅子上。她听见读信人读到我父亲的死信，身子往后一倒，连椅子倒在房门槛上。东边房门口坐的珍伯母也放声大哭起来，一时满屋都是哭声，我只觉得天地都翻覆了！我只仿佛记得这一点凄惨的情状，其余都不记得了。

（二）

　　我父亲死时，我母亲只有二十三岁。我父初娶冯氏，结婚不久便遭太平天国之乱，同治二年（一八六三）死在兵乱里。次娶曹氏，生了三个儿子，三个女儿，死于光绪四年（一八七八）。我父亲因家贫，又有志远游，故久不续娶。到光绪十五年（一八八九），他在江苏候补，生活稍稍安定，他才续娶我的母亲，我母亲结婚后三天，我的大哥也娶亲了。那时我的大姐已出嫁生了儿子。大姐比我母亲大七岁。大哥比她大两岁。二姐是从小抱给人家的。三姐比我母亲小三岁，二哥、三哥（孪生的）比她小四岁。这样一个家庭里忽然来了一个十七岁的后母，她的地位自然十分困难，她的生活自然免不了苦痛。

结婚后不久，我父亲把她接到了上海同住。她脱离了大家庭的痛苦，我父又很爱她，每日在百忙中教她认字读书，这几年的生活是很快乐的。我小时也很得我父亲钟爱，不满三岁时，他就把教我母亲的红纸方字教我认。父亲做教师，母亲便在旁做助教。我认的是生字。她便借此温她的熟字。他太忙时，她就是代理教师。

我们离开台湾时，她认得了近千字。我也认了七百多字，这些方字都是我父亲亲手写的楷字。我母亲终身保存着，因为这些方块红笺上都是我们三个人的最神圣的团居生活的纪念。

我母亲二十三岁就做了寡妇，从此以后，又过了二十三年。这二十三年的生活真是十分苦痛的生活，只因为还有我这一点骨血，她含辛茹苦，把全副希望寄托在我的渺茫不可知的将来，这一点希望居然使她挣扎着活了二十三年。

我父亲在临死之前两个多月，写了几张遗嘱，我母亲和四个儿子每人各有一张，每张只有几句话。给我母亲的遗嘱上说穈儿（我的名字叫嗣穈，穈字音门）天资颇聪明，应该令他读书。给我的遗嘱也教我努力读书上进。这寥寥几句话在我的一生很有重大的影响。我十一岁的时候，二哥和三哥都在家，有一天我母亲问他们道："穈今年十一岁了。你老子叫他念书。你们看看他念书念得出吗？"二哥不曾开口，三哥冷笑道："哼，念书！"二哥始终没有说什么。我母亲忍气坐了一会，回到了房里才敢掉眼泪、她不敢得罪他们，因为一家的财政权全在二哥的手里，我若出门求学是要靠他供给学费的。所以她只能掉眼泪，终不敢哭。但父亲的遗嘱究竟是父亲的遗嘱，我是应该念书的。况且我小时很聪明，四乡的人都知道三先生的小儿子是能够念书的。所以隔了两年，三哥往上海医肺病，我就跟他出门求学了。

（三）

我在台湾时，大病了半年，故身体很弱。回家乡时，我号称五岁了，还不能跨一个七八寸高的门槛。但我母亲望我念书的心很切，故到家的时候，我才满三岁零几个月，就在我四叔父介如先生（名玠）的学堂里读书了。我的身体太小，他们抱我坐在一只高凳子上面。我坐上了就爬不下来，还要别人抱下来。但我在学堂并不算最低级的学生。因为我进学堂之前已认得近一千字了。

因为我的程度不算"破蒙"的学生，故我不须念《三字经》《千字文》《百家姓》《神童诗》一类的书。我念的第一部书是我父亲自己编的一部四言韵文，叫作《学为人诗》，他亲笔抄写了给我的。这部书说的是做人的道理。我把开头几行抄在这里：为人之道，在率其性。子臣弟友，循理之正；谨乎庸言，勉乎庸行；以学为人，以期作圣。以下分说五伦。最后三节，因为可以代表我父亲的思想。我也抄在这里：五常之中，不幸有变，名分攸关，不容稍紊义之所在，身可以殉。求仁得仁，无所允怨。古之学者，察于人伦，因亲及亲，九族克敦；因爱推爱，万物同仁。能尽其性，斯为圣人。经籍所载，师儒所述，为人之道，非有他术：穷理致和，返躬践实，黾勉于学，守道勿失。

我念的第二部书也是我父亲编的一部四言韵文，名叫《原学》，是一部略述哲理的书。这两部书虽是韵文，先生仍讲不了，我也懂不了。

我念的第三部书叫作《律诗六钞》，我不记得是谁选的了。三十多年来，我不曾重见这部书，故没有机会考出此书的编者；依我的猜测，似是姚鼐的选本，但我不敢坚持此说。这一册诗全是律诗，我读了虽不懂得，却背得很熟。至今回忆，却完全不记得了。

我虽不曾读《三字经》等书，却因为听惯了别的小孩子高声诵读，我也能背这些书的一部分，尤其是那五七言的《神童诗》，我差不多能从头背到底。这本书后面的七言句子，如人心曲曲湾湾水，世事重重叠叠山。

我当时虽不懂得其中的意义，却常常嘴上爱念着玩，大概也是因为喜欢那些重字双声的缘故。

我念的第四部书以下，除《诗经》，就都是散文的了。我依诵读的次序，把这些书名写在下面：（4）《孝经》。（5）朱子的《小学》，江永集注本。（6）《论语》。以下四书皆用朱子注本。（7）《孟子》。（8）《大学》与《中庸》。《四书》皆连注文读。（9）《诗经》，朱子《集传》本。（注文读一部分）（10）《书经》，蔡沈注本。（以下三书不读注文）（11）《易经》，朱子《本义》本。（12）《礼记》。

读到了《论语》的下半部，我的四叔父介如先生选了颍州府阜阳县的训导，要上任去了，就把家塾移交给族兄禹臣先生（名观象）。四叔是个绅董，常常被本族或外村请出去议事或和案子；他又喜欢打纸牌（徽州纸牌，每副一百五十五张），常常被明达叔公，映基叔，祝封叔，茂张叔等人邀出去打牌。所以我们的功课很松，四叔往往在出门之前，给我们"上一进书"，叫我们自己念；他到天将黑时，回来一趟，把我们的习字纸加了圈，放了学，才又出门去。

四叔的学堂里只有两个学生，一个是我，一个是四叔的儿子嗣林，比我大几岁。嗣林承继给瑜婶。（星五伯公的二子，珍伯，瑜叔，皆无子，我家三哥承继珍伯，林哥承继瑜婶。）她很溺爱他，不肯管束他，故四叔一走开，林哥就溜到灶下或后堂去玩了。（他们和四叔住一屋，学堂在这屋的东边小屋内。）我的母亲管的严厉，我又不大觉得念书是苦事,故我一个人坐在学堂里温书念书,到天黑才回家。禹臣先生接收家塾后,学生就增多了。

先是五个,后来添到十多个,四叔家的小屋不够用了,就移到一所大屋——名叫来新书屋——里去。最初添的三个学生,有两个是守港叔的儿子,嗣昭,嗣逢。嗣昭比我大两三岁。天资不算笨,却不爱读书,最爱"逃学",我们土话叫作"赖学"。他逃出去,往往躲在麦田或稻田里,宁可睡在田里挨饿,却不愿念书。先生往往差嗣林去捉;有时候,嗣昭被捉回来了,总得挨一顿毒打;有时候,连嗣林也不回来了,——乐得不回来了,因为这是"奉命差遣",不算是逃学!

我常觉得奇怪,为什么嗣昭要逃学?为什么一个人情愿挨饿、挨打,挨大家笑骂,而不情愿念书?后来我稍懂得世事,才明白了。港叔自小在江西做生意,后来在九江开布店,才娶妻生子;一家人都说江西话。回家乡时,嗣昭弟兄都不容易改口音;说话改了,而嗣昭念书常带江西音,常常因此吃戒方或吃"作瘤栗"。(钩起五指,打在头上,常打起瘤子,故叫作"作瘤栗"。)这是先生不原谅,难怪他不愿念书。

还有一个原因。我们家乡的蒙馆学金太轻,每个学生每年只送两块银元。先生对于这一类学生,自然不肯耐心教书,每天只教他们念死书,背死书,从来不肯为他们"讲书"。小学生初念有韵的书,也还不十分叫苦。后来念《幼学琼林》《四书》一类的散文,他们自然毫不觉得有趣味,因为全不懂得书中说的是什么。因为这个缘故,许多学生常常赖学;先有嗣昭,后来有个士祥,都是有名的"赖学胚"。他们都属于这每年两元钱的阶级。因为逃学,先生生了气,打得更厉害。越打的厉害,他们越要逃学。

我一个人不属于这"两元"的阶级。我母亲渴望我读书,故学金特别优厚,第一年就送六块钱,以后每年增加,最后一年加到十二元,这样的学金,在家乡要算"打破纪录"的了。我母亲大概是受了我父亲的叮嘱,她嘱托四叔和禹臣先生为我"讲书":每读一字,须讲一字的意思;每读一句,须讲一句的意思。我先已认得了近千个"方字";每个字都经过父亲的讲解,故进学堂之后,不觉得艰苦。念的几本书虽然有许多是乡里先生讲不明白的,但每天总遇着几句可懂的话。我最喜欢朱子《小学》里的记述古人行事的部分,因为那些部分最容易懂得,所以比较最有趣味。同学之中有念《幼学琼林》的,我常常帮他们的忙,教他们不认得的生字,因此常常借这些书看;他们念大字,我却最爱看《幼学琼林》的小注,因为注文中有许多神话和故事,比《四书》《五经》有趣味多了。

有一天,一件小事使我忽然明白我母亲增加学金的大恩惠。一个同学的母亲来请禹臣先生代写家信给她的丈夫;信写成了,先生交她的儿子晚上带回家去。一会儿,先生出门去了,这位同学把家信抽出来偷看。他忽然过来问我道:"糜,这信上第一句'父亲大人膝下'是什么意思?"他比我只小一岁,也念《四书》,却不懂"父亲大人膝下"是什么!这时候,我才明白我是一个受特别待遇的人,因为别人每年出两块钱,我去年却送十块钱。我一生最得力的是讲书,父亲母亲为我讲方字,两位先生为我讲书。念古文而不讲解,等于念"揭谛揭谛,波罗揭谛",全无用处。

(四)

当我九岁时,有一天我在四叔家东边小屋里玩耍。这小屋前面是我们的学堂,后边有一间卧房,有客来便住在这里。这一天没有课,我偶然走进那卧房里去,偶然看见桌子下一只美军煤油板箱里的废纸堆中露出一本破书。我偶然捡起了这本书,两头都被老鼠咬坏了,书面也扯破了,但这一本破书忽然为我开辟了一个新天地,忽然在我的儿童生活史上打开了一个新鲜的世界!

这本破书原来是一本小字木板的《第五才子》,我记得很清楚,开始便是"李逵打死殷天锡"一回。我在戏台上早已认得李逵是谁了,便站在那只美孚破板箱边。这本《水浒传》残本一口气看完了。不看尚可,看了之后,我的心里很不好过:这一本的前面是些什么? 后面是些什么? 这两个问题,我都不能回答,却最急要一个回答。

我拿了这本书去寻我的五叔。因为他最会"说笑话"("说笑话"就是"讲故事",小说书叫作"笑话书"),应该有这种笑话书。不料五叔竟没有这书,他叫我去寻守焕哥。守焕哥说:"我没有《第五才子》,我替你去借一部;我家中有部《第一才子》,你先拿去看,好吗?"《第一才子》便是《三国演义》,他很郑重的捧出来,我很高兴的捧回去。

后来我居然得着《水浒传》全部。《三国演义》也看完了。从此以后,我到处去借小说看。五叔,守焕哥,都帮了我不少的忙。三姐夫(周绍瑾)在上海乡间周浦开店,他吸鸦片烟,最爱看小说书,带了不少回家乡;他每到我家来,总带些《正德皇帝下江南》《七剑十三侠》一类的书来送给我。这是我自己收藏小说的起点。我的大哥(嗣稼)最不长进,也是吃鸦片烟的,但鸦片烟灯是和小说书常做伴的,——五叔,守焕哥,三姐夫都是吸鸦片烟的,——所以他也有一些小说书。大嫂认得一些字,嫁妆里带来了好几种弹词小说,如《双珠凤》之类。这些书不久都成了我的藏书的一部分。

　　三哥在家乡时多；他同二哥都进过梅溪书院，都做过南洋公学的师范生，旧学都有根底，故三哥看小说很有选择。我在他书架上只寻得三部小说：一部《红楼梦》，一部《儒林外史》，一部《聊斋志异》。二哥有一次回家，带了一部新译出的《经国美谈》，讲的是希腊的爱国志士的故事，是日本人做的。这是我读外国小说的第一步。

　　帮助我借小说最出力的是族叔近仁，就是民国十二年和顾颉刚先生讨论古史的胡宙人。他比我大几岁，已"开笔"做文章了，十几岁就考取了秀才。我同他不同学堂，但常常相见，成了最要好的朋友。他天才很高，也肯用功，读书比我多，家中也颇有藏书。他看过的小说，常借给我看。我借到的小说，也常借给他看。我们两人各有一个小手折，把看过的小说都记在上面，时时交换比较，看谁看的书多，这两个折子后来都不见了。但我记得离开家乡时，我的折子上好像已有了三十多部小说了。

　　这里所谓"小说"，包括弹词，传奇，以及笔记小说在内。《双珠凤》在内，《琵琶记》也在内；《聊斋》《夜雨秋灯录》《夜谭随录》《兰营馆外史》《寄园寄所寄》《虞初新志》等等也在内。从《薛仁贵征东》《薛丁山征西》《五虎平西》《粉妆楼》一类最无意义的小说，到《红楼梦》和《儒林外史》一类的第一流作品，这里面的程度已是天悬地隔了。我到离开家乡时，还不能了解《红楼梦》和《儒林外史》的好处。但这一大类都是白话小说，我在不知不觉之中得了不少的白话散文的训练，在十几年后于我很有用处。

　　看小说还有一桩绝大的好处，就是帮助我把文字通顺了。那时候正是废八股诗文的时代，科举制度本身也动摇了。二哥、三哥在上海受了时代思潮的影响，所以不要我"开笔"做八股文，也不要我学做策论经义。他们只要先生给我讲书，教我读书。但学堂里念的书，越到后来，越不好懂了。《诗经》起初还好懂，读到《大雅》，就难懂了；读到《周颂》，更不可懂了。《书经》有几篇，如《五子之歌》，我读得很起劲；但《盘庚》三篇，我总读不熟。

我在学堂九年，只有《盘庚》害我挨了一次打。后来隔了十多年，我才知道《尚书》有今文和古文两大类，向来学者都说古文诸篇是假的，今文是真的；《盘庚》属于今文一类，应该是真的，但我研究《盘庚》用的代名词最杂乱不成条理，故我总疑心这三篇书是后人假造的。有时候，我自己想，我的怀疑《盘庚》，也许暗中含有报那一个"作瘤栗"的仇恨的意味罢？

《周颂》《尚书》《周易》等书都是不能帮助我做通顺文字的。但小说书却给了我绝大的帮助。从《三国演义》读到《聊斋志异》和《虞初新志》，这一跳虽然跳的太远，但因为书中的故事实在有趣味，所以我能细细读下去。石印本的《聊斋志异》有圈点，所以更容易读，到我十二三岁时，已能对本家姐妹们讲说《聊斋》故事了那时候，四叔的女儿巧菊，禹臣先生的妹子广菊、多菊，祝封叔的女儿杏仙，和本家侄女翠苹、定娇等，都在十五六岁之间；他们常常邀我去，请我讲故事。我们平常请五叔讲故事时，忙着替他点火，装旱烟，替他捶背。现在轮到我受人巴结了。我不用人装烟捶背，她们听我说完故事，总去泡炒米，或做蛋炒饭来请我吃。她们绣花做鞋，我讲《凤仙》《莲香》《张鸿渐》《江城》。这样的讲书，逼我把古文的故事翻译成绩溪土话，使我更了解古文的文理。所以我到十四岁来上海开始作古文时，就能做很像样的文字了。

（五）

我小时身体弱，不能跟着野蛮的孩子们一块儿玩。我母亲也不准我和他们乱跑乱跳。小时不曾养成活泼游戏的习惯，无论在什么地方，我总是文绉绉的。所以家乡老辈都说我"像个先生样子"，遂叫我做"糜先生"。这个绰号叫出去之后，人都知道三先生的小儿子叫作糜先生了，既有"先生"之名，我不能不装出点"先生"样子，更不能跟着顽童们"野"了，有一天，我在我家八字门口和一班孩子"掷铜钱"，一位老辈走过，见了我，笑道："糜先生也掷铜钱吗？"我听了羞愧的面红耳热，觉得大失了"先生"的身份！

大人们鼓励我装先生样子，我也没有嬉戏的能力和习惯，又因为我确是喜欢看书，所以我一生可算是不曾享过儿童游戏的生活。每年秋天，我的庶祖母同我到田里去"监割"（顶好的田，水旱无忧，收成最好，伯户每约因主来监割，打下谷子，两家平分），我总是坐在小树下看小说。十一二岁时，我稍活泼一点，居然和一群同学组织了一个戏剧班，做了一些木刀竹枪，借得了几副假胡须，就在村口田里做戏。我做的往往是诸葛亮、刘备一类的文角儿；只有一次我做史文恭，被花荣一箭从椅子上射倒下去，这算是我最活泼的玩意儿了。

我在这九年（一八九五——一九〇四）之中，只学得了读书写字两件事。在文字和思想（看文章）的方面，不能不算是打了一点底子。但别的方面都没有发展的机会。有一次我们村里"当朋"（八都几五村，称为"五朋"，每年一村轮着做太子会，名为"当朋"），筹备太子会，有人提议要派我加入前村的昆腔队里学习吹笙或吹笛。旅里长辈反对，说我年纪大小，不能跟着太子会走遍五朋。于是我失掉了这学习音乐的唯一机会。三十年来，我不曾拿过乐器，也全不懂音乐；究竟我有没有一点学音乐的天资，我至今还不知道。至于学图画，更是不可能的事。我常常用竹纸蒙在小说书的石印绘像上，摹画书上的英雄美人。有一天，被先生看见了，挨了一顿大骂，抽屉里的图画都被搜出撕毁了。于是我又失掉了学做画家的机会。但这九年的生活，除了读书看书之外，究竟给了我一点做人的训练。在这一点上，我的恩师就是我的慈母。

每天天刚亮时，我母亲就把我喊醒，叫我披衣坐起，我从不知道她醒来坐了多久了。她看我清醒了，才对我说昨天我做错了什么事，说错了什么话，要我认错，要我用功读书。有时候她对我说父亲的种种好处，她说："你总要踏上你老子的脚步。我一生只晓得这一个完全的人，你要学他，不要跌他的股。"（跌股便是丢脸、出丑。）她说到伤心处，往往掉下泪来。到天大明时，她才把我的衣服穿好，催我去上早学。学堂门上的锁匙放在先生家里；我先到学堂门口一望，便跑到先生家里去敲门。先生家里有人把锁匙从门缝里递出来，我拿了跑回去，开了门，坐下念生书。十天之中，总有八九天我是第一个去开学堂门的。等到先生来了，我背了生书，才回家吃早饭。

我母亲管束我最严，她是慈母兼任严父。但她从来不在别人面前骂我一句，打我一下。我做错了事，她只对我一望，我看见了她的严厉眼光，就吓住了。犯的事小，她等到第二天早晨我睡醒时才教训我。犯的事大，她等到晚上人静时，关了房门。先责备我，然后行罚，或罚跪，或拧我的肉。无论怎样重罚，总不许我哭出声音来。她教训儿子不是借此出气叫别人听的。

有一个初秋的傍晚，我吃了晚饭，在门口玩，身上只穿着一件单背心。这时候我母亲的妹子玉英姨母在我家住,她怕我冷了,拿了一条小衫出来叫我穿上。我不肯穿,她说:"穿上吧,凉了。"我随口回答:"娘(凉)什么!老子都不老子呀。"我刚说了这句话,一抬头,看见母亲从家里走出,我赶快把小衫穿上。但她已听见这句轻薄的话了。晚上人静后,她罚我跪下,重重的责罚了一顿。她说:"你没了老子,是多么得意的事!好用来说嘴!"她气得坐着发抖,也不许我上床去睡。我跪着哭,用手擦眼泪,不知擦进了什么微菌,后来足足害了一年多的眼病。医来医去,总医不好。我母亲心里又悔又急,听说眼病可以用舌头舔去,有一夜她把我叫醒,她真用舌头舔我的病眼。这是我的严师,我的慈母。

我母亲二十三岁做了寡妇,又是当家的后母。这种生活的痛苦,我的笨笔写不出一万分之一二。家中财政本不宽裕,全靠二哥在上海经营调度。大哥从小就是败子,吸鸦片烟、赌博,钱到手就光,光了就回家打主意,见了香炉就拿出去卖,捞着锡茶壶就拿出去押。我母亲几次邀了本家长辈来,给他定下每月用费的数目。但他总不够用,到处都欠下烟债赌债。每年除夕我家中总有一大群讨债的,每人一盏灯笼,坐在大厅上不肯去。大哥早已避出去了。大厅的两排椅子上满满的都是灯笼和债主。我母亲走进走出,料理年夜饭,谢灶神,压岁钱等事,只当作不曾看见这一群人。到了近半夜,快要"封门"了,我母亲才走后门出去,央一位邻舍本家到我家来,每一家债户开发一点钱。做好做歹的,这一群讨债的才一个一个提着灯笼走出去。一会儿,大哥敲门回来了。我母亲从不骂他一句。并因为是新年,她脸上从不露出一点怒色。这样的过年,我过了六七次。

大嫂是个最无能而又最不懂事的人,二嫂是个很能干而气量很窄小的人。她们常常闹意见，只因为我母亲的和气榜样，她们还不曾有公然相打相骂的事。她们闹气时，只是不说话，不答话，把脸放下来，叫人难看，二嫂生气时，脸色变青，更是怕人。她们对我母亲闹气时，也是如此。我起初全不懂得这一套，后来也渐渐懂得看人的脸色了。我渐渐明白，世间最可厌恶的事莫如一张生气的脸；世间最下流的事莫如把生气的脸摆给旁人看。这比打骂更难受。

我母亲的气量大，性子好，又因为做了后母后婆，她更事事留心，事事格外容忍。大哥的女儿比我只小一岁，她的饮食衣料总是和我的一样。我和她有小争执，总是我吃亏，母亲总是责备我，要我事事让她。后来大嫂、二嫂都生了儿子了，她们生气时便打骂孩子来出气，一面打，一面用尖刻有刺的话骂给别人听。我母亲只装作不听见。有时候，她实在忍不住了，便悄悄走出门去，或到左邻立大嫂家去坐一会，或走后门到后邻度嫂家去闲谈。她从不和两个嫂子吵一句嘴。

每个嫂子一生气，往往十天半个月不歇，天天走进走出，板着脸，咬着嘴，打骂小孩子出气。我母亲只忍耐着，忍到实在不可再忍的一天，她也有她的法子。这一天的天明时，她就不起床，轻轻地哭一场。她不骂一个人，只哭她的丈夫，哭她自己苦命，留不住她丈夫来照管她，她先哭时，声音很低，渐渐哭出声来。我醒了起来劝她，她不肯住。这时候，我总听得见前堂（二嫂住前堂东房）或后堂（大嫂住后堂西房）有一扇房门开了，一个嫂子走出房向厨房走去，不多一会，那位嫂子来敲我们的房门了。

我开了房门，她走进来，捧着一碗热茶，送到我母亲床前，劝她止哭，请她喝口热茶。我母亲慢慢停住哭声，伸手接了茶碗。那位嫂子站着劝一会，才退出去，没有一句话提到什么人，也没有一个字提到这十天半个月来的气脸，然而各人心里明白，泡茶进来的嫂子总是那十天半个月来闹气的人。奇怪得很，这一哭之后，至少有一两个月的太平清静日子。

我母亲待人最仁慈，最温和，从来没有一句伤人感情的话，但她有时候也很有刚气，不受一点人格上的侮辱。我家五叔是个无正业的浪人，有一天在烟馆里发牢骚，说我母亲家中有事总请某人帮忙，大概总有什么好处给他。这句话传到了我母亲耳朵里，她气得大哭，请了几位本家来，把五叔喊来，她当面质问他她给了某人什么好处。直到五叔当众认错赔罪，她才罢休。

我在我母亲的教训之下住了九年，受了她的极大极深的影响。我十四岁（其实只有十二岁零两三个月），就离开她了。在这广漠的人海里独自混了二十多年，没有一个人管束过我。如果我学得了一丝一毫的好脾气，如果我学得了一点点待人接物的和气，如果我能宽恕人，体谅人，——我都得感谢我的慈母。

雅舍谈吃（节选）

◎ 梁实秋

菜 包

华北的大白菜堪称一绝。山东的黄芽白销行江南一带。我有一家亲戚住在哈尔滨，其地苦寒，蔬菜不易得，每逢阴年请人带去大白菜数头，他们如获至宝。在北平，白菜一年四季无缺，到了冬初便有推小车子的小贩，一车车的白菜沿街叫卖。普通人家都是整车的买，留置过冬。夏天是白菜最好的季节，吃法太多了，炒白菜丝、栗子烧白菜、熬白菜、腌白菜，怎样吃都好，但是我最欣赏的是菜包。

取一头大白菜，择其比较肥大者，一层层地剥，剥到最后只剩一个菜心。每片叶子上一半做圆弧形，下一半白菜帮子酌量切去，弧形菜叶洗净待用。准备几样东西：

一、蒜泥拌酱一小碗。

二、炒麻豆腐一盘。麻豆腐是绿豆制粉丝剩下来的渣子，发酵后微酸，作灰绿色，此物他处不易得。用羊尾巴油炒最好，加上一把青豆更好。炒出来像是一摊烂稀泥。

三、切小肚儿丁一盘。小肚儿是猪尿泡灌猪血荬粉煮成的，做粉红色，加大量的松子在内，有异香。酱肘子铺有卖。

四、炒豆腐松。炒豆腐成碎屑，像炒鸽松那个样子，起锅时大量加葱花。

五、炒白菜丝，要炒烂。

取热饭一碗，要小碗饭大碗盛。把蒜酱抹在菜叶的里面，要抹匀。把麻豆腐、小肚儿、豆腐松、炒白菜丝一起拌在饭碗里，要拌匀。把这碗饭取出一部分放在菜叶里，包起来，双手捧着咬而食之。吃完一个再吃一个，吃得满脸满手都是菜汁饭粒，痛快淋漓。

据一位旗人说这是满洲人吃法，缘昔行军时沿途取出菜叶包剩菜而食之。但此法一行，无不称妙。我曾数度以此待客，皆赞不绝口。

糟蒸鸭肝

糟就是酒滓，凡是酿酒的地方都有酒糟。《楚辞·渔父》："何不铺其糟而歠其醨？"可见自古以来酒糟就是可以吃的。我们在摊子上吃的醪糟蛋(醪音捞)，醪糟乃是我们人人都会做的甜酒酿，还不是我们所谓的糟。说也奇怪，我们台湾盛产名酒，想买一点糟还不太容易。只有到山东馆子吃糟溜鱼片才得一尝糟味，但是有时候那糟还不是真的，不过是甜酒酿而已。

糟的吃法很多。糟溜鱼片固然好，糟鸭片也是绝妙的一色冷荤，在此地还不曾见过，主要原因是鸭不够肥嫩。北平东兴楼或致美斋的糟鸭片，切成大薄片，有肥有瘦有皮有肉，是下酒的好菜。《儒林外史》第十四回马二先生看见酒店柜台上盛着糟鸭，"没有钱买了吃，喉咙里咽唾沫"。所说的糟鸭是刚出锅的滚热的,和我所说的冷盘糟鸭片风味不同,下酒还是冷的好。稻香村的糟鸭蛋也很可口,都是靠了那一股糟味。

福州馆子所做红糟的菜是有名的。所谓红糟乃是红曲,另是一种东西。是粳米做成饭,拌以曲母,令其发热,冷却后洒水再令其发热,往复几次即成红曲。红糟肉、红糟鱼,均是美味,但没有酒糟香。

现在所要谈到的糟蒸鸭肝是山东馆子的拿手,而以北平东兴楼的为最出色。东兴楼的菜出名的分量少,小盘小碗,但是精,不能供大嚼,只好细品尝。所做糟蒸鸭肝,精选上好鸭肝,大小合度,剔洗干净,以酒糟蒸熟。妙在汤不浑浊而味浓,而且色泽鲜美。

有一回梁寒操先生招饮于悦宾楼,据告这是于右老喜欢前去小酌的地方,而且以糟蒸鸭肝为其隽品之一。尝试之下,果然名不虚传,唯稍嫌粗,肝太大则质地容易沙硬。在这地方能吃到这样的菜,难能可贵。

鱼　翅

鱼翅通常是酒席上的一道大菜,有红烧的,有清汤的,有垫底的(三丝底),有不垫底的。平平浅浅的一大盘,每人轮上一筷子也就差不多可以见底了。我有一位朋友,笃信海味必须加醋,一见鱼翅就连呼侍者要醋,侍者满脸的不高兴,等到一小碟醋送到桌上,盘里的鱼翅早已不见踪影。我又有一位朋友,他就比较聪明,随身自带一小瓶醋,随时掏出应用。

鱼翅就是鲨鱼(鲛)的鳍,脊鳍、胸鳍、腹鳍、尾鳍。外国人是弃置不用的废物,看见我们视为席上之珍,传为笑谈。尾鳍比较壮大,最为贵重,内行人称之为"黄鱼尾"。抗战期间四川北陪厚德福饭庄分号,中了敌机投下的一弹,店毁人亡,调货狼藉飞散,事后捡回物资包括黄鱼尾二三十块,暂时堆放舍下。我欲取食,无从下手。因为鱼翅是干货,发起来好费手脚。即使发得好,烹制亦非易易,火候不足则不烂,火候足可又怕缩成一团,其中有诀窍,非外行所能为。后来我托人把那二三十块鱼翅带到昆明分号去了。

北平饭庄餐馆鱼翅席上的鱼翅,通常只是虚应故事,选材不佳,火候不到,一根根的脆骨剑拔弩张的样子,吃到嘴里扎扎呼呼。下焉者翅须细小,茨粉太多,外加陪衬的材料喧宾夺主,黏糊糊的像一盘糯糊。远不如到致美斋点一个"砂锅鱼翅",所用材料虽非上选的排翅,但也不是次货,妙在翅根特厚,味道介乎鱼翅鱼唇之间,下酒下饭,两极其美。东安市场里的润明楼也有"砂锅翅根",锅较小,翅根较碎,近于平民食物,比我们台湾食摊上的鱼翅羹略胜一筹而已。唐鲁孙先生是饮食名家,在《吃在北平》文里说:"北方馆子可以说不会做鱼翅,所以也就没有什么人爱吃鱼翅,但是南方人可就不同了,讲究吃的主儿十有八九爱吃翅子,祯元馆为迎合顾客心理,请了一位南方大师傅擅长烧鱼翅。不久,祯元馆的'红烧翅根',物美价廉,就大行其道,每天只做五十碗卖完为止。"确是实情。

最会做鱼翅的是广东人,尤其是广东的富户人家所做的鱼翅。谭组庵先生家的厨师曹四做的鱼翅是出了名的,他的这一项手艺还是来自广东。据叶公超先生告诉我,广东的富户几乎家家拥有三房四妾,每位姨太太都有一两手烹调绝技,每逢老爷请客,每位姨太太亲操刀俎,使出浑身解数,精制一两样菜色,凑起来就是一桌上好的酒席,其中少不了鱼翅鲍鱼之类。他的话不假,因为番禺叶氏就是那样的一个大户人家。北平的"谭家菜",与谭组庵无关,谭家菜是广东人谭篆青家的菜。谭在平绥路做事，谭家在西单牌楼机织卫，普普通通的住宅房子，院子不大，书房一间算是招待客人的雅座。每天只做两桌菜，约需十天前预定。最奇怪的是每桌要为主人谭君留出次座，表示他不仅是生意人而已，他也要和座上的名流贵宾应酬一番。不过这一规定到了抗战前几年已不再能维持，"谈笑有鸿儒"的场面难得一见了。鱼翅确实是做得出色，大盘子，盛得满，味浓而不见配料，而且煨得酥烂无比。当时的价钱是百元一桌，也是谭家的姨太太下厨。

吃鱼翅于红烧清蒸之外还有干炒的一法，名为"木樨鱼翅"余一九四九年夏初履台湾，蒙某公司总经理的"便饭"招待。第一道菜就是木樨鱼翅，所谓木樨即鸡蛋之别名。撕鱼翅为细丝，裹以鸡蛋拌匀，入油锅爆炒，炒得松松泡泡，放在盘内堆成高高的一个尖塔，每人盛一两饭盘，像吃蛋炒饭一般而大嚼。我吃过木樨鱼翅，没见过这样大量的供应，所以印象很深。

鱼翅产自广东以及日本印度等处，但是台湾也产鱼翅。大家只知道本省的前镇与茄萣两渔港是捕获乌鱼加工的地方，不知也是鱼翅的加工中心，在那里有大批的煮熟的鱼翅摊在地上晒。大翅一百斤约值五百到一千元，本地莱市出售的发好了的鱼翅都是本地货。

茄　子

北方的茄子和南方的不同，北方的茄子是圆球形，稍扁，从前没见过南方的那种细长的茄子。形状不同且不说，质地也大有差异。北方经常苦旱，蔬果也就不免缺乏水分，所以质地较为坚实。

"烧茄子"是北方很普通的家常菜。茄子不需削皮，切成一寸多长的块块，用力在无皮处划出纵横的刀痕，像划腰花那样，划得越细越好，入油锅炸。茄子吸油，所以锅里油要多，但是炸到微黄甚至微焦，则油复流出不少。炸好的茄子捞出，然后炒里脊肉丝少许，把茄子投入翻炒，加酱油，急速取出盛盘，上面撒大量的蒜末。味极甜美，送饭最宜。

我来到台湾，见长的茄子，试做烧茄，竟不成功。因为茄子水分太多，无法炸干，久炸则成烂泥。客家菜馆也有烧茄，烧得软软的，不是味道。

在北方，茄子价廉，吃法亦多。"熬茄子"是夏天常吃的，煮得相当烂，蘸醋蒜吃。不可用铁锅煮，因为容易变色。

茄子也可以凉拌，名为"凉水茄"。茄煮烂，捣碎，煮时加些黄豆，拌匀，浇上三合油，俟凉却加上一些芫荽即可食，最宜暑天食，放进冰箱冷却更好。

如果切茄成片，每两片夹进一些肉末之类，裹上一层面糊，入油锅炸之，是为"茄子盒"，略似炸藕盒的风味。

吃炸酱面，茄子也能派上用场。拌面的时候如果放酱太多，则过咸，太少则无味。切茄子成丁，如骰子般大，入油锅略炸，然后掺入酱中，是为"茄子炸酱"，别有一番滋味。

我的幼年

◎ 巴 金

窗外落着大雨,屋檐上的水槽早坏了,这些时候都不曾修理过,雨水就沿着窗户从缝隙浸入屋里,又从窗台流到了地板上。

我的书桌的一端正靠在窗台下面,一部分的雨水就滴在书桌上,把堆在那一角的书、信和稿件全打湿了。

我已经躺在床上,听见滴水的声音才慌忙地爬起来,扭燃电灯。啊,地板上积了那么一大摊水!我一个人吃力地把书桌移开,使它离窗台远一些。我又搬开了那些水湿的书籍,这时候我无意间发现了你的信。

你那整齐的字迹和信封上的香港邮票吸引了我的眼光,我拿起信封抽出了那四张西式信笺。我才记起四个月以前我在怎样的心情下面收到你的来信。我那时没有写什么话,就把你的信放在书堆里,以后也就忘记了它。直到今天,在这样的一个雨夜,你的信又突然在我的眼前出现了。朋友,你想,这时候我还能够把它放在一边,自己安静地躺回到床上闭着眼睛睡觉吗?

"为了这书，我曾在黑暗中走了14484米的路，而且还经过三个冷僻荒凉的墓场。那是在去年九月二十三夜，我去香港，无意中见到这书，便把袋中仅有的钱拿来买了。这钱我原本打算留来坐Bus回鸭巴甸的。"

在你的信里我读到这样的话。它们在四个月以前曾经感动了我。就在今天我第二次读到它们，我还仿佛跟着你在黑暗中走路，走过那些荒凉的墓场。你得把我看作你的一个同伴，因为我是一个和你一样的人，而且我也有过和这类似的经验。这样的经验我确实有的太多了。从你的话里我看到了一个时期的我的面影。年光在我的面前倒流过去，你的话使我又落在一些回忆里面了。

你说，你希望能够更深切地了解我。你奇怪是什么东西把我养育大的？朋友，这并不是什么可惊奇的事，因为我一生过的是"极平凡的生活"。我说过，我生在一个古老的家庭里，有将近二十个的长辈，有三十个以上的兄弟姊妹，有四五十个男女仆人，但这样简单的话是不够的。我说过我从小就爱和仆人在一起，我是在仆人中间长大的。但这样简单的话也还是不够的。我写出了一部分的回忆，但我同时也埋葬了另一部分的回忆。我应该写出的还有许多、许多的事情。

是什么东西把我养育大的？我常常拿这个问题问我自己。当我这样问的时候，最先在我的脑子里浮动的就是一个"爱"字。父母的爱，骨肉的爱，人间的爱，家庭生活的温暖，我的确是一个被人爱着的孩子。在那时候一所公馆便是我的世界，我的天堂。我爱一切的生物，我讨好所有的人。我愿意揩干每张脸上的眼泪，我希望看见幸福的微笑挂在每个人的嘴边。

然而死在我的面前走过了。我的母亲闭着眼睛让人家把她封在棺材里。从此我的生活里缺少了一样东西。父亲的房间突然变得空阔了。我常常在几间屋子里跑进跑出,唤着"妈"这个亲爱的字。我的声音白白地被寂寞吞食了,墙壁上母亲的照片也不看我一眼。死第一次在我的心上投下了阴影。我开始似懂非懂地了解恐怖和悲痛的意义了。

我渐渐地变成了一个爱思想的孩子。但是孩子的心究竟容易忘记,我不会整天垂泪。我依旧带笑带吵地过日子。孩子的心就像一只羽毛刚刚长成的小鸟,它要飞,飞,只想飞往广阔的天空去。

幼稚的眼睛常常看不清楚。小鸟怀着热烈的希望展翅向天空飞去,但是一下子就碰着铁丝落了下来。这时我才知道,自己并不是在自由的天空下面,却被人关在一个铁丝笼里。家庭如今换上了一个面目,它就是阻碍我飞翔的囚笼。

然而孩子的心是不怕碰壁的。它不知道绝望,它不知道困难,一次做失败的事情,还要接二连三地重做。铁丝的坚硬并不能够毁灭小鸟的雄心。经过几次的碰壁以后,连安静的孩子也知道反抗了。

同时在狭小的马房里,我躺在那些病弱的轿夫的烟灯旁边,听他们叙述悲痛的经历;或者在寒冷的门房里,傍着黯淡的清油灯光,听衰老的仆人绝望地倾诉他们的胸怀。那些没有希望只是忍受苦刑般地生活着的人的故事,在我的心上投下了第二个阴影。而且我的眼睛还看得见周围的一切。一个抽大烟的仆人周贵偷了祖父的字画被赶出去做了乞丐,每逢过年过节,偷偷地跑来,躲在公馆门前石狮子旁边,等着机会央求一个从前的同事向旧主人讨一点赏钱,后来终于冻馁地死在街头。老仆人袁成在外面烟馆里被警察接连捉去两次,关了几天才放出来。另一个老仆人病死在门房里。我看见他的瘦得像一捆柴的身子躺在大门外石板上，盖着一张破席。一个老轿夫出去在斜对面一个亲戚的家里做看门人，因为别人硬说他偷东西，便在一个冬天的晚上用了一根裤带吊死在大门内。当这一切在我的眼前发生的时候，我含着眼泪，心里起了火一般的反抗的思想。我说我不要做一个少爷，我要做一个站在他们一边，帮助他们的人。

反抗的思想鼓舞着这只不知天高地厚的小鸟用力往上面飞，要冲破那个铁丝网。但铁丝网并不是软弱的翅膀所能够冲破的。碰壁的次数更多了。这其间我失掉了第二个爱我的人——父亲。

我悲痛我的不能补偿的损失。但是我的生活使我没有时间专为个人的损失悲哀了。因为这个富裕的大家庭在我的眼前变成了一个专制的王国。仇恨的倾轧和斗争掀开平静的表面爆发了。势力代替了公道。许多可爱的年轻的生命在虚伪的礼教的囚牢里挣扎，受苦，憔悴，呻吟以至于死亡。然而我站在旁边不能够帮助他们。同时在我的渴望发展的青年的灵魂上，陈旧的观念和长辈的权威像磐石一样沉重地压下来。"憎恨"的苗子是在我的心上发芽生叶了。接着"爱"来的就是这个"恨"字。

年轻的灵魂是不能相信上天和命运的。我开始觉得现在社会制度的不合理了。我常常狂妄地想：我们是不是能够改造它，把一切事情安排得更好一点。但是别人并不了解我。我只有在书本上去找寻朋友。

在这种环境中我的大哥渐渐地现出了疯狂的倾向。我的房间离大厅很近，在静夜，大厅里的任何微弱的声音我也可以听见。大厅里放着五六乘轿子，其中有一乘是大哥的。这些时候大哥常常一个人深夜跑到大厅上，坐到他的轿子里面去，用什么东西打碎轿帘上的玻璃。

我因为读书睡得很晚,这类声音我不会错过。我一听见玻璃破碎声,我的心就因为痛苦和愤怒痛起来了。我不能够再把心关在书上,我绝望地拿起笔在纸上涂写一些愤怒的字眼,或者捏紧拳头在桌上捶。

后来我得到了一本小册子,就是克鲁泡特金的《告少年》(这是节译本)。我想不到世界上还有这样的书!这里面全是我想说而没法说得清楚的话。它们是多么明显,多么合理,多么雄辩。而且那种带煽动性的笔调简直要把一个十五岁的孩子的心烧成灰了。我把这本小册子放在床头,每夜都拿出来,读了流泪,流过泪又笑。那本书后面附印着一些警句,里面有这样的一句话:"天下第一乐事,无过于雪夜闭门读禁书。"我觉得这是千真万确的。

从这时起,我才开始明白什么是正义。这正义把我的爱和恨调和起来。但是不久,我就不能以"闭门读禁书"为满足了。我需要活动来发散我的热情;需要事实来证实我的理想。我想做点事情,可是我又不知道应该怎样的开头去做。没有人引导我。我反复地翻阅那本小册子,译者的名字是真民,书上又没有出版者的地址。不过给我这本小册子的人告诉我可以写信到上海新青年社去打听。我把新青年社的地址抄了下来,晚上我郑重地摊开信纸,怀着一颗战栗的心和求助的心情,给《新青年》的编者写信。这是我一生写的第一封信,我把我的全心灵都放在这里面,我像一个谦卑的孩子,我恳求他给我指一条路,我等着他来吩咐我怎样献出我个人的一切。

信发出了。我每天不能忍耐地等待着,我等着机会来牺牲自己,来消耗我的活力。但是回信始终没有来。我并不抱怨别人,我想或者是我还不配做这种事情。然而我的心并不曾死掉,我看见上海报纸上载有赠送《夜未央》的广告,便寄了邮票去。在我的记忆还不曾淡去时，书来了，是一个剧本。我形容不出这本书给我的激动。它给我打开了一个新的眼界。我第一次在另一个国家的青年为人民争自由谋幸福的斗争里找到了我的梦境中的英雄，找到了我的终身的事业。

大概在两个月以后，我读到一份本地出版的《半月》，在那上面我看见一篇《适社的旨趣和组织大纲》，这是转载的文章。那意见和那组织正是我朝夕所梦想的。我读完了它，我的心跳得很厉害。我无论如何不能够安静下去。两种冲突的思想在我的脑子里争斗了一些时候。到夜深，我听见大哥的脚步声在大厅上响了，我不能自主地取出信纸摊在桌上，一面听着玻璃打碎的声音，一面写着愿意加入"适社"的信给那个《半月》的编辑，要求他做我的介绍人。

这信是第二天发出的，第三天回信就来了。一个姓章的编辑亲自送了回信来，他约我在一个指定的时间到他的家里去谈话。我毫不迟疑地去了。在那里我会见了三四个青年，他们谈话的态度和我家里的人完全不同。他们充满了热情、信仰和牺牲的决心。我把我的胸怀，我的痛苦，我的渴望完全吐露给他们。作为回答，他们给我友情，给我信任，给我勇气。他们把我当作一个知己朋友。从他们的谈话里我知道"适社"是重庆的团体，但是他们也想在这里成立一个类似的组织。他们答应将来让我加入他们的组织，和他们一起工作。我告辞的时候，他们送给我几本"适社"出版的宣传册子，并且写了信介绍我给那边的负责人通信。

事情在今天也许不会是这么简单，这个时候人对人也许不会这么轻易地相信，然而在当时一切都是非常自然。这个小小的客厅简直成了我的天堂。在那里的两小时的谈话照彻了我的灵魂。我好像一只被风暴打破的船找到了停泊的港口。我的心情昂扬，我带着幸福的微笑回到家里。就在这天的夜里，我怀着佛教徒朝山进香时的虔诚，给"适社"的负责人写了信。

我的生活方式渐渐地改变了，我和那几个青年结了亲密的友谊。我做了那个半月刊的同人，后来也做了编辑。此外我们还组织了一个团体：均社。我自称为"安那其主义者"，就是从那时候开始的。团体成立以后就来了工作。办刊物、通讯、散传单、印书，都是我们所能够做的事情。我们有时候也开秘密会议，时间是夜里，地点总是在僻静的街道，参加会议的人并不多，但大家都是怀着严肃而紧张的心情赴会的。每次我一个人或者和一个朋友故意东弯西拐，在黑暗中走了许多路，听厌了单调的狗叫和树叶飘动声，以后走到作为会议地点的朋友的家，看见那些紧张的亲切的面孔，我们相对微微地一笑，那时候我的心真要从口腔里跳了出来。我感动得几乎不觉到自己的存在了。

友情和信仰在这个阴暗的房间里开放了花朵。但这样的会议是不常举行的，一个月也不过召集两三次，会议之后是工作。我们先后办了几种刊物，印了几本小册子。我们抄写了许多地址，亲手把刊物或小册子一一地包卷起来，然后几个人捧着它们到邮局去寄发。五一节来到的时候，我们印了一种传单，派定几个人到各处去散发。那一天天气很好，我挟了一大卷传单，在离我们公馆很远的一带街巷里走来走去，直到把它们散发光了，又在街上闲步一回，知道自己没有被人跟着，才放心地到约定集合的地方去。每个人愉快地叙述各自的经验。这一天我们就像在过节。又有一次我们为了一件事情印了传单攻击当时统治省城的某军阀。这传单应该贴在几条大街的墙壁上。我分得一大卷传单回到家里。晚上我悄悄地叫一个小听差跟我一起到十字街口去。他拿着一碗糨糊。我挟了一卷传单，我们看见墙上有空白的地方就把传单贴上去。没有人干涉我们。有几次我们贴完传单走开了,回头看时,一两个黑影子站在那里读我们刚才贴上去的东西。我相信在夜里他们要一字一字地读完它,并不是容易的事情。

《半月》是一种公开的刊物,社员比较多而复杂。但主持的仍是我们几个人。白天我们中间有的人要上学,有的人要做事,夜晚我们才有空聚在一起。每天晚上我总要走过几条黑暗的街巷到"半月社"去。那是在一个商场的楼上。我们四五个人到了那里就忙着卸下铺板,打扫房间,回答一些读者的信件,办理种种的杂事,等候那些来借阅书报的人,因为我们预备了一批新书报免费借给读者。我们期待着忙碌的生活,宁愿忙得透不过气来。共同的牺牲的渴望把我们大家如此坚牢地系在一起。那时候我们只等着一个机会来交出我们个人的一切,而且相信在这样的牺牲之后,理想的新世界就会跟着明天的太阳一同升起来。这样的幻梦固然带着孩子气,但这是多么美丽的幻梦啊!

我就是这样地开始了我的社会生活的。从那时起,我就把我的幼年深深地埋葬了……

窗外刮起大风,关着的窗门突然大开了。雨点跟着飘了进来。我面前的信笺上也溅了水。写好的信笺被风吹起,散落在四处。我不能够继续写下去了,虽然我还有许多话没有向你吐露。我想,我不久还有机会给你写信,叙述那些未说到的事情。我不知道我上面的话能不能够帮助你更了解我。但是我应该感谢你,因为你的信给我唤起了这许多可宝贵的回忆。那么就让这风把我的祝福带给你罢。现在我也该躺一会儿了。

第三辑
飞翔的鸟窝

　　所有的鸟都看到了正在天空中飞翔的鸟窝。空中飞的真的不是鸟，而是一只鸟窝！它是一个很漂亮的鸟窝。它是由花瓣、羽毛、金色的草丝和檀香树的树枝精心编织成的。所有的鸟都感到很新鲜，全都飞上了天空。各种各样的鸟，五颜六色的鸟，飞行在鸟窝周围。

突　围

◎　梁晓声

农村人家的土坯窗根下有道裂缝,裂缝里生存着一群蚁。不是那种肉色的极小的红蚁;是那种较大的,单独作战能力和自卫能力都很强的黑蚁。这是一群从大家族里分离出来的蚁,为数还不太多。它们在那道裂缝里大兴土木,打算为自己也为子孙后代们建造幸福的有"社会"秩序的理想王国……

它们每天由那道裂缝出出入入,往内拖食物,往外除垃圾,勤劳,忙碌,习惯成自然。

"哥,你看,这儿有蚂蚁哎!"

"弟,让咱们来摆布摆布它们!"

有一天,那人家的两个孩子发现了那儿是蚁窝。他们正闲得无聊,于是开始"玩"它们。俩孩子蹲在窗根下,手中各捏一条帚枝,见有蚁从裂缝里出来,便用帚枝将其拨回去。

这是一次偶然"事件"。而且,仅仅是开始。

"拨"这个字,意味着动作幅度的小和力的轻微。"玩"蚂蚁不是斗牛，即使俩孩子，也很快就从心理上产生了一种自己是巨灵神似的优胜感。确实，蚂蚁们在他们的每一拨下，皆连翻筋斗，滚爬不迭，晕头转向。那轻微的一拨，对于它们意味着巨大的不可抗力。它们退回到裂缝里去，聚在裂缝内部的两侧，懵懂困惑地讨论刚刚发生过的情况。讨论了半天，也没讨论明白。于是一起去向一只老蚁请教。

老蚁听了它们的汇报，沉思良久，以权威的口吻说："那是风啊！你们呀，真没见过什么世面，遭遇到了一场风就一个个大惊小怪，惶惶不安的。不怕下一代笑话吗？"

有一只中年的蚁反驳道："前辈，我觉得我们不像是遭遇到了风。我经历过几场风的。风是有呼啸之声的呀！你们听到风声了吗？……"

被问的青年蚁，全摇头说没听到什么风声。全说外边阳光明媚，天气非常好。

"前辈您请看……"

中年的蚁指着裂缝，也就是它们的穴口——斯时一束阳光正从穴口射入进来……

"不是风？那么你有何见教呢？"

老蚁受到当众反驳，满脸不悦。

中年的蚁张口结舌，一时无话可答。

老蚁在两个青年蚁的搀扶下走到穴口，探头穴外，打算亲自察看究竟……

这时，弟弟问哥哥："咋一只都不往外爬了呢？"

哥哥说："它们奇怪呗，肯定在开会哪。"

"可我还没跟它们玩够呢！"

于是那弟弟双手按在地上，将头俯下去，将嘴凑近裂缝，鼓起腮帮,噗地向裂缝里猛吹了一口……

他的头自然挡住了阳光,那一瞬间蚁穴里一片黑暗。

中年的蚁大叫:"危险!……"

但是已经晚了。

好一阵"狂风"扑灌蚁穴!——蚁穴内顿时"飞沙走石","风"力肆卷。那一股"狂风"在穴内左冲右突,寻不到个出处,经久卷蹿不止。所有聚在穴口的蚁们,都被狂风刮落到穴底去了。那只老蚁,虽有那只中年的蚁和青年蚁们舍生保护,还是摔伤得不轻。

那弟弟却仍双手按地俯头在那儿猛吹……

穴内蚁族,整群惊悸,拥挤于穴角,团缩无敢稍动者。

当"狂风"终于过去,老蚁怒斥那中年的蚁:"我说错了吗?还不是风吗?你才见过几场风?!倘论对这世界的经验,你差得远呢!"

众目怨视,怒视,嘲视,那一只中年的蚁自感罪过和历世的浅薄,肃立聆训而已。从此明哲保身,唯唯诺诺,变成了一只不复有什么见解的沉默寡言的蚁。它是一只中年的工蚁。工蚁之间有互相交换食物的习惯。然而这习惯并不意味着友情,更不意味着亲情。那是蚁们的一种古老的习惯。它们的唾液里含有能传播信息的化合物。正如人类之间经由亲吻会传染感冒一样。于是在那一天,许多别的中青年工蚁们,从它的唾液之中接获了这样一种"思想"的暗示:免开尊口,少说为佳;人微言轻,说对了又如何?而说错了却有可能一辈子成为错误的典型……

于是那许多别的中青年工蚁们,在那一天里,对它们所亲历的洞内洞外的"狂风",都变得讳莫如深,沉默寡言,明哲保身起来。

经验一旦被"事实"证明是经验,便往往上升为权威认识。而权威认识一旦形成"经验主义",并受到普遍的尊崇,再要推翻则十分不易了。甚至怀疑它都是狂妄的。

那一天里这一群蚁都不再出穴了。都自觉或半自觉地聚在老蚁身旁,听它讲种种关于"风"的知识。它一边接受着几名青年雌蚁的按摩,一边谆谆教导。它的教导一言以蔽之那就是——"风"是某种神明打的喷嚏。那神明在它的语言描绘之下,听来像一只无比巨大的蚂蚁。蚁的想象力毕竟是有限的,对于神明和对于妖魔的想象,都难免接近着蚁。

第二天依然是一个明媚朗日。

俩兄弟起得比蚂蚁们还早。阳光总是先从窗子照入人的房间,其后才从那道裂缝射入蚁穴。

弟弟一睁开眼就说:"哥,我今天还要弄蚂蚁玩儿。"

哥哥说:"行呀,今天咱们换个玩法儿!"

于是哥哥找到一支香,一折为二。自己一截,弟弟一截。

他们燃着香,又蹲在窗根前了。

"哥,蚂蚁怎么还不爬出来呢?"

"别急。兴许它们昨天都被你吹感冒了,发着烧呢……"

"瞧,有一只往外探头了!"

"先别烫它,等它出来……"

探头的是那只变得明哲保身了的中年工蚁。它原本是一只在蚁群中颇受尊敬的工蚁。一只任劳任怨,责任感很强的工蚁。不惟老蚁摔得不轻,"保育园"里的许多小蚁也确实被"狂风"吹感冒了。尽管它对此并不应负什么直接的责任,但它一想到自己曾当众反驳老蚁,认为不是风,就一阵阵地独自脸红,仍因自己所犯的"言论错误"而觉得罪过。它率先来到穴口,是一种将功补过的表现。

它向外观察了一阵,没觉得外面的情况有什么异常,于是放心大胆地爬出。

啊,多好的天气呀!

它仰望太阳,伸了几伸胳膊,分别将四条腿活动了一阵,之后向穴内发出平安无事的讯号。

于是一只只中青年工蚁们接连爬出了那道裂缝;而蚁穴里,蚁群按照"社会"的分工,又开始了一天按部就班的忙碌。心宽体胖的蚁后,照例通过它大量需要的早餐,从"化学鸡尾酒"中获得着关于种群的第一份"报告",并一如既往地进行加工处理,从体内及时排出另一种化合物。它处理种群的各种指示,通过那另一种化合物的传播,在蚁穴的各个角落被有效地执行着,落实着……

如果不是因为两个农村孩子的恶作剧,关于这一群蚁的故事也就到此为止了。

但是……

哥哥见爬出来的蚁不少了,下达了袭击的口令:"开始!"

于是两个不可爱的孩子分别用香头烫那些蚁……

对蚁们来说,这当然是比"风"更加突如其来的不可抗的灾难呀!

蚁是不会发出任何声音的。否则,它们被烫时的哀号,也许会使俩孩子听了不忍,由不忍而停止他们的恶作剧。它们不会发出任何声音,那一时刻是它们多大的不幸啊!俩孩子见蚁们被烫得在地上翻来滚去,伤残之状惨痛触目,反而大为开心,其乐陶陶……

蚁毕竟是蚁!

从那道裂缝里爬出了更多的蚁。皆是勇猛善战一往无前视死如归的兵蚁。整队整队的兵蚁出动又能奈人何呢？它们的对手是它们仰视也看不明白的凶恶之物啊！对于蚁们而言，敌人是不可名状的，仿佛来自于上苍。那造成它们严重伤残的袭击，迅疾不可避，也根本无法招架，无法对抗，更无法反攻……

视死如归前仆后继的兵蚁们，最终也不过是靠着数量之多，使俩孩子顾此失彼，而得以将它们的伤残了的同胞——抢救回裂缝里去。包括奄奄一息的，无一弃之不顾。

蚁这一种虫的天生可贵，斯时过人！

群蚁大骇，大悲，大乱……

蚁后接到紧急情报，出于战备考虑，决定将所排之卵全部孵化成善作战的兵蚁，以补充其数量的伤残损失……

那一天，成群结队的蚁数次企图勇突而出，全都被两个人类的孩子成功地"狙击"回去了。

蚁们又不明白它们遭遇到的究竟是怎么回事了。

"那是火呀！"

一些有经验的蚁如是说——但，是火为什么没有焰呢？

"那是雷电呀！"

另一些有经验的蚁这么说——但，是雷电为什么听不到霹雳呢？而外面的天空多么晴朗啊！

"依我想来，那一定是人干的……"

老蚁终于开口了。它的表情，它的语调，都非常忧虑。它身后，一排排伤残了的蚁躺在地上痛苦扭动，没有任何办法能减轻它们的痛苦，也没有任何办法能治疗它们的伤残。它们中，某些其实已经死去。伤残和死亡，使老蚁的话老蚁的忧虑，显得无比严峻。

蚁穴完全被不祥的气氛笼罩着。

经久,面临大难的不安的沉默中,有一只小蚁胆怯地问:"人是什么?"

老蚁叹了口气,更加忧虑地说:"人,是地球上最神通广大的妖魔。它们善于发明多种武器。"——它回头看了一眼,又说:"我们那些可怜的兄弟,看来显然是被它们的武器所伤害的。"

"可人为什么要伤害我们呢?"

"这我可就不知道了。人既然是最神通广大的妖魔,那它们当然是可以随心所欲的。地球上从没另外一种动物有资格和它们谈判过,何况我们渺小的蚁!"

"我们该怎么办呢?"

此话一经问出,绝望的哭声四起。

老蚁庄严地说:"都不许哭。哭是没意义的。人无论多么强大,却不能把我们蚁彻底灭绝。比如它们并不能钻入我们的穴中来加害我们。但这一个穴口,我们是必须堵上了。因为人也许会往我们的穴中扇烟、灌水、撒药……"

似乎也无第二种选择。

于是蚁后发布了她的总动员令;于是蚁们掩埋了死者,将伤残者们安置到更安全的地方,开始了艰苦卓绝的劳动。它们并没将那道裂缝彻底堵死。它们还需要有一线阳光照射进来。它们在裂缝两旁备下了大量的泥土;派了观察员日夜观察外面的动静;派责任感最强的兵蚁把守在那儿,不许任何一只蚁以任何理由接近那儿。谨防由于某一只蚁的擅自行动,而使灾难再次降临在种群头上。种群的存亡高于一切。有敢违者,格杀勿论。之后它们另辟穴口。

它们在穴中挖呀,掘呀,挖掘了一条条通道。有的通道由于碰到了坚石,事倍功半;有的通道由于判断错误,似乎永远也挖掘不到外面去,不得不放弃工程;而有的通道在挖掘的过程中坍塌了——那真是艰苦卓绝的劳动啊!小蚁和老蚁都责无旁贷地参加了。蚁们表现出的那一种百折不挠的信念和能者多劳的精神,伟大而又可歌可泣。终于的,有一天阳光从另一处地方照射进了通道。它们成功了。另一个穴口开辟出来了。斯时这一群蚁的每一只,都疲惫不堪精瘦精瘦。储存的食物越来越少,早已开始按定量分配了。考虑到"蚁多力量大",所以蚁后加紧孵化后代,殚精竭虑了。幸而通道及时挖掘成功了,否则"她"肯定会以身殉职的……

但那是一个多糟的穴口啊!它前边是水坑。水坑是由房檐滴水形成的。正是雨季,那水坑对蚁们而言,如同"汪洋大海"。它们一钻出穴口,就等于置身"汪洋大海"的海岸线上了……

这一群蚁发扬一不怕苦,二不怕死,连续作战的优良传统,付出了很大很大的牺牲,以更伟大更可歌可泣的雄心壮志,硬是在"汪洋大海"中筑成了一条跨"海"坦途!

然而"海"的彼岸并非风景独好。那是这群蚁从未涉足过的陌生地方。一条光溜溜的石铺小径的两旁,生长着茂密的野蒿,丛中散发着异香的气息。它们凭本能意识到那气息极端危险。它们的本能是正确的。那里曾是蚊子的家园,户主往那里喷过灭蚊的药剂。它们不敢到野蒿丛中去觅食。而若想在光溜溜的石铺小径上觅到足够种群为生的食物又是多么的不切实际啊!并且,小径的前方,有一株老朽树。树洞里繁衍着另一蚁群。那是比它们在数量上多十几倍的庞大蚁族。它们也绝不敢轻易地,不自量力地闯入对方们的领地。它们发现一点儿食物是多么的惊喜啊!它们弄回穴里一点儿食物是多么的不易啊！可敬的工蚁们天天都在努力发挥着自己的作用,然而每天弄回穴里的食物却刚刚够种群当日消费的,往往毫无剩余。也就是说几乎再也不可能有新的储备。如此下去怎么行呢？每一只蚁都明白这一点。每一只蚁都为这一点而忧心忡忡。它们真是瞻念前程,不寒而栗啊！

以往的日子是多么的无忧无虑呀！那时一出蚁穴,便是农家院子。那时它们从不为食物发愁。农家院子的每一角落,都仿佛是它们的露天仓库。都有它们永远也搬运不尽的营养丰富的食物。虽然院子只不过被汪洋隔住了,但是它们却已忘记了往日的幸运确曾存在于哪一方向。那地方在它们头脑中似有又无,遥远而又朦胧,仿佛变成了某种幻觉。蚁们具有从"意识"中彻底剪除苦难印象的本能。它们在哪条道路上受到过严重伤害,它们几乎就永不出现在那条道路上了。这乃是由它们那种化合物"思维方式"所决定的。它们不会像人一样从苦难里总结和认知什么。它们只会忘记……

然而在这群蚁中有一只蚁例外——就是那只曾问老蚁"人是什么"的小蚁。它现在已经成长为一只工蚁了。种群艰苦卓绝的劳动令它感动。种群为此付出的巨大代价令它肃然和心疼。种群面临的生存危机也是它不可能视而不见的。每当疲惫而又成效甚微的劳动结束以后,它常独自待在原先那一穴口的高坡之下,仰望着那道几乎被砌死的裂缝,陷入长久的沉思。没有火再从那儿喷入穴中;没有"狂风"再从那儿刮入穴中;没有水从那儿灌入;没有"人"仍在洞外潜伏着时刻准备袭击——它认为这一点是显然的。人既是那么神通广大又善于制造武器的妖魔,那么它们若企图继续伤害自己,这个洞穴岂不是肯定的早就不存在了吗？……

它想：已经发生过的事，必然另有某种原因。

那是怎样的原因呢？它苦苦思索，却并不能自信地给自己一个回答。它毕竟太年轻了。它对这世界完全缺乏经验。它的怀疑不是经验式的。恰恰相反，正是由于对这世界完全缺乏经验。

从那道几乎被砌死的裂缝透射进来的阳光，难道不是和别处的阳光一样地明媚吗？忆起往日在农家院子里自由自在地东游西荡，以及那多种多样的食物，内心的感觉，岂非美好而又诱人！这一只年轻的蚁原本是一只害羞的蚁。它刚刚成长为一只工蚁，还没主动与别的工蚁们交换过食物。因而它的头脑中，仍保留着一些尚未被种群同化的记忆的片段……

但是它不敢登上高坡接近那道裂缝。只要它再向前迈出一步，高坡上忠于职守的兵蚁们，就会一齐地矛戟相向……

那两个孩子——有天他们听老师读了一篇关于蚂蚁的童话，深深地被蚂蚁这一种小小的生命所具有的种种可贵品质感动了。他们联想到自己的恶作剧，不禁万分悔恨。他们企图向蚂蚁表示忏悔的方式是——将半个馒头搓成细屑，拌了红糖和香油，撒在那道裂缝的外面……

混合型的香甜的气味儿，首先使最接近裂缝的兵蚁们的神经反应系统简直没法儿抗拒那一种吸引力。于是它们一队队被轮换得更勤了……

一天深夜，那只年轻的蚁趁兵蚁们瞌睡之际，偷偷从那道裂缝爬了出去。正如它所愿望的那样，它在外面并没遭到任何危险，更未遭到人的袭击。多么迷人的夜色呀！多么好吃的食物呀！它大快朵颐。撑得饱饱的以后又将一些食物放在一茎柳叶上，向穴中拖。那对于它是非常吃力的，也是冒生命危险之事。然而这年轻的蚁认为值得……

　　其实兵蚁们何曾打过瞌睡呢！在岗位上打瞌睡还配是兵蚁吗？它们的瞌睡之状都是佯装的。它们存心放自己的一个胆大的同类从那裂缝爬出去一次。自己由于角色的严格戒律不得为之的事，它们希望有一个兄弟去做。这有点儿阳奉阴违，却也算暗中的成全啊！

　　它们帮助那只年轻的蚁将柳叶拖入了穴中。

　　"你犯了死罪，当格杀勿论！"

　　"我知道的，可你们不是也想享受一顿美餐吗？"

　　于是，站岗的兵蚁们也大快朵颐起来。它们竟将柳叶上的食物全吃光了。

　　一只兵蚁说："现在，我们应该拿这件事怎么办呢？"

　　一时间，大家面面相觑。

　　年轻的工蚁镇定地说："要么，你们告发我；要么，我明天还从这儿出去，弄进来更多的食物。事实你们已经亲眼看到了。这个事实应该让我们的种群知道的呀！……"

　　那些兵蚁们做了后一种选择。于是它们成了那只年轻的工蚁的"地下同志"……

　　第二天夜里，从那裂缝爬到外面去的，至少有几十只工蚁。

　　两个孩子发现他们为蚂蚁撒在地上的食物一干二净了，非常高兴。他们搓了更多的馒头屑，拌得更香，更甜。

　　第三天、第四天的夜里，从那裂缝爬到外面去的蚂蚁也更多了……

　　香而甜的馒头屑，于是成了种群中的定量外食物。这是种群的生存所必需的补充；却也是"非法"的食物。是种群的传统纪律所绝不容许的。"非法"的食物在经过咀嚼之后相互交换的过程中，使另一种化合式的思想在种群中蔓延开了——既然事实上可以从那裂缝出去，为什么不去做呢？为什么不将那裂缝开凿得更宽？为什么不使阳光更多地从那儿照耀进来？为什么不从那儿运进来更多更多的香甜食物？……

胆大妄为的行动被发觉了……

"我们封起那道裂缝并派兵蚁把守是为了什么？！……"

"我们历尽千辛万苦开辟另一个穴口又是为了什么？！……"

"但我们是可以仍从那儿出去的，而且我们已经平安地回来了……"

"而且我们也是在履行着对种群的责任和义务……"

于是，在这一群蚁间，发生了激烈的"思想"的冲突。每一方都认为自己是正确的。而且每一方都有根据那么认为。"思想"的冲突既然不再能统一，于是演变为暴力的征服与反征服……

那是极为惨烈的情形。每一方都战斗得那么顽强。每一方都在为信念而攻守。每一只蚁都"牺牲"得特别悲壮。在这一场战斗中，那只变得明哲保身的中年的蚁，又被唤起了"崇高"的冲动。它用它的视死如归的勇敢证明了它不但是一只优秀的工蚁，而且不愧是一名蚁中的盲勇士。它的双眼是被香头烫瞎的。它的颈子是被那只年轻的蚁咬断的。当它的头从身体上掉下来的时候，那只年轻的蚁眼中滚落了大滴的泪。它原本是敬爱它的"敌人"的呀……

一方众志成城，但勇进兮不有止，男儿到死心如铁；另一方同仇敌忾，忠诚岂顾血与骨，恒志绝不稍懈……

蚁后自噬其腹而死；老蚁以头撞壁身亡。那是这一蚁的种群最大的一场劫难。对于它们，似乎也只有"眼前得丧等烟云，身后是非悬日月"这唯一的选择……

当那只年轻的蚁率众从那道裂缝"突围"出来——农家的院子里

主人正在和泥。如今大多数农村已不再用草泥抹墙了，用的是水泥。

"哥，哥，蚂蚁又从这儿出来了！……"

"别伤害它们，这次千万别伤害它们……"

而农人，却用抹板平托着水泥，首先朝那道裂缝抹下去……

"爹！你不能……"

"一边去！别妨碍我干活……"

水泥抹下去了。裂缝不见了。紧接着，第二抹板，第三抹板，水泥一次次抹下去——窗下的土砖墙，渐渐抹厚了。又厚又平滑……

两个孩子呆住了，弟弟眼中充满了泪。

那年轻的蚁回头望去，身后跟随着小小的稀稀散散，踉踉跄跄的一支蚁队。窗下的水泥墙根告诉它，再也不会有一只蚁赶上来了……

它遍体鳞伤，心中充满无边的愀然和悲怆。

它忽然意识到，对于它的种群，有比灾难和"人"更可怕的东西。那究竟是什么呢？在它们的头脑中，还是在外界呢？它发誓一定得想明白这一点，并一代代告诉它们的后代……

这一队死里逃生的蚁，在两个孩子一左一右的护送之下，缓缓地爬出了农家的院子，爬过了一条坑坑洼洼的村路，迁移向那个村子外去了……

梦里的小汽车

◎ 孙幼军

小熊总想要一辆汽车。

有一天,熊妈妈把他带到玩具店里,给他买了一辆。

那是一辆红色的敞篷小轿车,和真的一样,好漂亮!

方向盘的下面有一个电钮。把这个电钮按下去,小汽车就在地板上跑起来。它撞在桌子腿上,"嘀"地叫一声,又向后退着跑,一直退到墙上,"砰!"没关系,"嘀!"又朝前跑了。哈,真好玩儿!

小熊要坐上去,自己开。他想:"我一按电钮,汽车就开了,我转方向盘,不让汽车撞到墙上,我开到大街上,哈哈……"

他把小汽车拿到院子里,放在地上,一屁股坐上去。

小汽车太小,他的身体又太重,"咔嚓!"小汽车一下子被他坐扁了。

熊爸爸着急地跑上来,拿起小汽车看。他把电钮按下去,汽车的轮子一动也不动了。

"完蛋啦!"熊爸爸生气地大叫一声,给了小熊一个耳光,"败家子儿,故意破坏!"

小熊害怕地看着爸爸,心里想:"不是故意破坏,人家想自己开嘛……"

可是他不敢说出来,要不,还得打一个耳光。

这天睡午觉的时候,小熊做了一个梦。

爸爸手里拿着一根棍子,要打他,妈妈向他喊:"快跑!"

小熊拼命跑。跑啊跑,跑到一个奇怪的地方,地上开着很多五颜六色的花,还有好大的蝴蝶飞来飞去。

他抬头看,面前有一座红顶的白色小房子,门口站着一只可爱的小白猪。她头上扎着两根小辫儿,手里抱着一辆小汽车,正看着他。

小熊说:"我也有一辆小汽车,跟你的一样,不过是红的!"

小猪说:"我的是蓝的。你怎么不带来呀?"

小熊说:"坏了。我想自己开,可是一坐,'咔嚓!'扁啦!"

小猪说:"我的坐不扁。"

她把汽车放在绿草中间的小路上说:"上去吧!你开,我坐!"

小熊高兴地说:"好!"

他蹲下来,可是不敢坐上去。

小猪嘻嘻笑着说:"坐吧!汽车怎么会坐坏呀?"

小熊很小心地慢慢坐下去,屁股刚一碰到汽车,汽车"呼"一下子变大了。小熊坐在上面按一下喇叭,"嘀——!"他快活地说:"你的汽车真棒!"

坐在他后面的小猪也快活地说:"那你就开吧!"

小熊一按下电钮,小汽车就"呜"一下子开动了。蓝色的小汽车沿着绿草中间的小路飞跑,一群美丽的小鸟唱着歌儿跟着他们。

小猪说:"你开得真好!"

小熊说:"刚学,还不行!"

小猪笑着说:"别客气!"

头顶的小鸟也欢快地叫:"别客气!别客气!别客气!"

蓝色的小汽车开到城里了。宽阔的大马路上还有许多小轿车、公共汽车、无轨电车。到了一个十字路口,前面亮起红灯。小熊知道应该停下来,就把小汽车停住。

交通民警是一个大黑胖子。他忽然从马路中间的园台子上跳下,一直向小熊他们的汽车跑来,举起棍子就打!小熊一看,呀,怎么是爸爸?爸爸嘴里还喊:"打死你这个败家子儿!你故意破坏!"

小熊用两手紧紧捂住脑袋。小猪拉住小熊说:"快跑!"

小熊这才想起应该逃走。他跟着小猪跳下汽车。他们刚一跳下去,汽车又变得像原来一样小了。小熊弯腰抓起小汽车,随小猪拼命往前跑。

熊爸爸举着棍子,"哇哇"喊叫着在后面追。跑着跑着,小熊的脑袋忽然撞到一棵大树上,"砰!""哎哟!"

小熊摔得躺下来。他睁开眼看看,是躺在自己的床上!

闹了半天,这不过是一个梦!

从梦里跑出来,爸爸打不到他了,这当然很好。可是扎着小辫儿的小猪没有了,能开的小汽车也没有了!

小熊叹了一口气,坐起来,觉得手里抓着一个东西。他一看,呀!是一辆蓝色的小汽车!

这是一辆能坐上去开的小汽车!

小熊急忙跑到院子里。

他把蓝色的小汽车放到地上,刚想坐上去,又犹豫起来。那可是梦里的事情。要是"咔嚓!"这个小汽车也一下子坐扁了,那可怎么办?

小熊的耳朵里又响起小猪的笑声："坐吧！汽车怎么会坐坏呀？"

于是，小熊慢慢坐下去。

就像在梦里一样：他的屁股刚一碰到汽车，汽车就"呼"一下子变大了。他坐在汽车里，按一下喇叭"嘀！"再按方向盘下面的按钮，汽车开动了！

小熊把车开出院子，又开上公路。他开得飞快，超过了许多大卡车和小汽车。啊，真快活呀！

可是小熊很快就有些不自在了。这个蓝色的小汽车是小猪的，他拿来了，小猪怎么办呢？看样子她特别喜欢那辆小汽车，看见自己的宝贝给拿跑了，她会不会哭呢？

一想到小猪会哭，小熊心里很着急。

小熊想把小汽车立刻还给小猪。他开着汽车到处跑，找那座红屋顶的小白房子。那地方他记得很清楚——有一大片绿草地，上面开着许多五颜六色的花朵，还有好大好大的蝴蝶和快活的小鸟。

但是他找了好几天，也找不到那样一个地方。

他只好去求大象爷爷。大象爷爷说：

"噢，这要去找梦仙子。你跟我来！"

梦仙子是长着一对翅膀的很小的小姑娘，穿着漂亮的纱裙子。她笑眯眯地对小熊说："我的屋子里装满了各种各样的梦。你进来看看，哪一个梦像你的。"

四面墙壁上挂满了彩色的图画。小熊找啊找，忽然高兴地叫："就是这个！"

那张图画上有一座红顶的小白房子，门口站着一只头上扎着两根小辫儿的白色小猪，不过手里没有小汽车。门前的绿草和花朵上也飞舞着很大的蝴蝶。

梦仙子笑着说："你要还东西给小朋友，我应该帮你的忙！我就把这张画儿送给你吧，晚上睡觉的时候，你把它放在枕头下面！"

这天夜里，小熊抱着蓝色的小汽车睡着了。他听见有谁喊他："小熊你好！"

小熊抬头看，是小猪。她正站在红顶的小白房子门前，笑嘻嘻地看着他。

"那天我太慌，拿走了你的小汽车，真对不起！"小熊不好意思地说。

小猪说："别客气！是我让你拿去玩儿的。"

他们坐上小汽车，一起玩儿。一会儿小猪开，一会儿小熊开，到处跑，快活极了。

从这以后，小熊常常去找小猪玩儿。不论白天还是黑夜，只要睡觉的时候把梦仙子给的画儿放在枕头下面，小熊就会一下子跑到小猪的家。

姊姊的歌声

◎　席慕蓉

　　记得那年,我刚进师大艺术系的时候,德姊在音乐系三年级。由于我们两个人长得太相像,常常让老师和同学们发生误会。有时候是她的老师质问她:

　　"你今天早上的头发不是剪短了吗?"

　　有时候是我的同学问我:

　　"你为什么去选音乐系的课?"

　　当然另外还会有为什么不敬礼?或者为什么不打招呼等等缠夹不清的问题,差不多要过了一个多学期,大家才对我们两个人习惯了一点。偶尔还会有人从后面猛拍我一下,等我回过头时,又红着脸笑了起来:"啊!不对,你是那个妹妹。"

　　对于这种错认,我并不会生气,反而常会有一种很甜蜜又很得意的感觉。是啊!我是那个妹妹,我是席慕德的妹妹。

　　从小到大,姊姊都是我崇拜的对象。我们姐妹间年龄相差都很近,可是德姊的一切表现,总是远远地超过了我们这些妹妹。从小,她就是名列前茅的模范生,在师大音乐系,八个学期都是第一名。毕业后留校做助教一年,然后到西德慕尼黑国家音乐学院学声乐,毕业成绩又是第一名。在西德雷根斯堡歌剧院演唱时,在那样多好评,而一年一年地过去,她在西欧各国,在东南亚各地,都举行了很多场非常成功的独唱会,现在,每当有不太相熟的朋友问我:

"席慕德是你的什么人?"

我都会微笑地回答:

"她是我的姊姊。"

而在那个时候,那种感觉就会重新来到我心中,就好像当年在师大的校园里,站在金急雨的花树下,微笑地面对着姊姊的同学们时一样,心里觉得很甜蜜又很得意。

我们家是四个女孩,一个男孩。德姊是长姊,因此,爸妈要决定什么事情的时候,通常都会征求一下她的意见,我们如果有些什么要求,经由她转达的话也通常比较容易被批准。所以,她一直是我们崇拜和依赖的好姊姊。

不过,我现在慢慢地发现,也许就是因为这样,也许就是因为我们对她的崇拜和依赖,使得她不得不努力地为我们做榜样,因而吃了不少的苦吧?

前几天,朋友从纽约为我带回来德姊的唱片,是她刚录制好的个人演唱专辑。孩子们都睡了以后,我在灯下打开唱片片套,看着那唱片上一圈又一圈细密的纹路时,心里就有一点紧紧地了。等到唱针落下,歌声响起,姊姊圆润、宽宏而又美丽的声音在静夜里回荡,想着她为这一刹那所付出的种种努力,不禁流下泪来。我的姊姊为了少年时就坚持着的一个理想,付出去的实在是太多太多了啊!

　　真的,有多少人能够真正地了解一个演唱者的心呢? 在台前的人只知道她有着显赫的学历和声乐家的头衔,只看见她华贵的长裙和雍容的台风,只听见她一首又一首地唱过去,然后在满场的"安可"声中一再地鞠躬答谢,在辉煌的灯光、缤纷的鲜花之中,她是那样快乐、兴奋和满足。

　　可是,在辉煌的灯光照不到的后台,照不到的那些长长的年月里,他们却不能想象,为了一场音乐会,为了一首歌,为了短短的一句歌词,甚至,为了一个音符;为了追求那一刹那里绝对的完美,一个艺术家,一个歌者所付出去的代价有多大啊!

　　我想,我也许知道一点。作为"席慕德的妹妹",我也许知道一点。知道她在十五六岁时就开始为了音乐而放弃了很多东西:原来可以拿去买新衣服新裙子的钱,拿去缴了学声乐的学费。原来可以去爬山游泳的时间,拿去在炎阳下走长长的路去声乐老师的家。原来可以去交往的很多朋友,却因为她必须长时间地待在琴房和声乐教室里,而终于慢慢地疏远。十几、二十年间不断地努力,那样多的清晨和夜晚就那样过去,那样多的付出,那样多的舍弃,一切的最后,却只是为了能在台上,唱好一首只有一分钟或者两分钟的短歌。要从第一个音到最后一个音都是完美而没有瑕疵,她才释怀,才满足,才俯首在掌声之中微微展露了她的笑容。

　　我是不能想象这样的生活的。就像我不能明白,她那时在雷根斯堡歌剧院好好地唱了一年,却为什么不肯再续约时一样。当时我苦苦地追问她,甚至哀求她,要她答应人家的聘约,再唱下去,我知道那是很不容易争取,并且别人也极为羡慕的一个位置,放弃掉了实在是很可惜的一件事。

可是,姊姊却说:

"开始的时候是很兴奋的,可是慢慢地觉得,日复一日,在别人的安排之下,每个月拿着薪水唱着同样的歌时,心里面的感觉就不对了,我学音乐的目的原来并不是这样的。"

那个在十五、六岁就开始学声乐学演唱的少女,心里面原来憧憬的是什么呢? 是一种极端的自由吗? 就好像天空里的飞鸟在欢喜时所唱出的歌声一样,是那种没有羁绊也没有负担的欢唱吗?

而在现实的社会里,要达到这种理想,几乎是不可能的。然而,我的姊姊却一直在这样试着去做。用一年或者两年的时间来准备一场通常不会超过九十分钟的演唱会,从选曲、选伴奏、选场地、选时间到种种想也想不到的烦琐事情都要由她一个人来决定,当然,有的时候会有经纪人来帮她筹划,可是,不管别人可以替她做多少事,有一件事却是任何人也不能帮助她的:整个音乐会的成功与失败都完完全全是她一个人的责任。唱好,并且要唱到最好的那种境界是她的责任,万一生病影响了声音,因而唱不理想也是她的责任,一点也无法推卸或者逃避。

我是不能想象这样的生活的。学画的我,虽然也有画展的压力,可是,我总是要在准备好以后才拿出来的,也许也要经过长时间的摸索,可是,画一挂起来的时候,我就可以安心地搜集朋友对我的批评和建议了。而无论什么时候,作品都在那里,画好的可以一看再看,画坏的也可以从头再来,因此,无论如何,在发表的时候,我是比较从容的。

可是,没有一个演唱者可以站在台上向听众说:

"我刚才唱的不理想,让我再重来一次吧。"

也没有一个演唱者能说:

"听啊！我刚才那句唱得多好啊！让我再多重复几次吧。"

当然，他也许可以在"安可"的时候再重复一次、两次甚至三次，但是，再长的歌也总有唱完了的时候，即或能"绕梁三日"也只是听众心里的一个假象罢了，所有的精致与完美只在一刹那之间，而一个歌者为了一个不可能停留的一刹那，却必须要全力以赴。

要投入的必须是一颗怎样坚强和固执的心呢？这是我们所无法想象的了，而也许是因为这样，所以，一个歌者在这上面能得到回报的那种快乐，必然也是我们一般人所无法想象的了。

也许就是因为这样，我的姊姊才会和那些艺术家一样，在那么多年里，走着一条相同的路吧。所有的辛酸与跋涉都只是为了一个目的："请让我为你唱一首美丽的歌。"

而今夜，在灯下，听着姊姊那似熟悉又似陌生的歌声，当年在校园里，在金急雨的花树下，我的那种感觉又回来了。在姊姊的歌声里，仿佛一切的沧桑都获得了一种甜蜜而又美丽的补偿。

我想，我也许知道一点了，作为一个声乐家的妹妹，我也许终于能够知道一点了吧。

游泳裤小孩

◎ 梅子涵

这是我小时候的事。不过,我现在不说这是我小时候的事。我把它说成是别人的。我现在开始说了。

你们看见那个拿着游泳裤的小孩了吗?

他拿着一条游泳裤。

他现在是去游泳。

夏天每个下午,他都游泳。有的时候游三点钟的那场,有的时候游四点钟的那场,游完了回家,晚上不洗澡了。

当然啦,他最好三点钟的那场也游,四点钟的那场也游,游到游不动了才不游。

可是每天只能游一场,游一场八分钱,妈妈只给他八分钱。妈妈另外还给他四分钱,那四分钱是吃冰棍的。不过他们不说冰棍,是说棒冰,因为他是上海人。

他今天准备游四点钟的一场。

现在才三点多一点儿。

游泳池就在马路对面,走过去两三分钟就到了。

可是他现在就去了。这么早去干吗呢?他要站在游泳池外面看游泳池里的人游泳。

明明再过一会儿自己就可以游了,可是现在还是要看。

你知道"兴致勃勃"这个词吗?他看的时候就是兴致勃勃的!就好像等一会儿你自己也可以吃一根棒冰了,可是现在看着别人吃,不是也兴致勃勃吗?等一会儿你就要放鞭炮了,别人现在在放,你也兴致勃勃地看。别人今天去春游了,你明天春游,你会兴致勃勃地觉得,别人今天春游太开心了。这没有什么别的道理,就是这个道理。

他是站在一家人家后门台阶的水泥扶手上看的。看得清清楚楚。

游泳池里面是什么样子你难道会不知道吗?所以我就不描写它是什么样子了。

游泳池里肯定是有小孩喊叫的声音的。游泳池里肯定是有水的声音的。游泳池里救生员肯定会吹哨子的。游泳池里小孩喊叫的声音、水的声音、救生员吹哨子的声音有的时候一起响起来,这就更像游泳池的声音了。

他立刻就看见了梁宁在跳水。梁宁是他的同学。梁宁不是"插蜡烛",而是头朝下地跳,就是像正式比赛那样。

梁宁就是那个个子高高的男孩。

梁宁跳下去,游几下,爬上来,又跳下去,不一会儿又爬上来、跳下去……

梁宁好像是在表演跳水姿势。

梁宁打乒乓球的时候也喜欢表演姿势。他听见过班里有个小姑娘说,梁宁是美男子。老师没有听见。如果老师听见了,会批评她:

"这么小就说美男子，你脑子里在想什么？"梁宁总是在深水区跳。他怎么不到浅水区来跳跳？

浅水区的水只到胸口，规定不可以跳水，谁跳，救生员的哨子就会响。因为在浅水区跳很容易撞到池底，头破血流。可是如果他来跳，这个"他"不是梁宁，而是他，根本就不会撞到池底。还没有等头撞到池底，他已经贴着池底往前游了。

他可以在池底游很长一段距离，他会潜泳。潜泳是不可以换气的。潜泳的时候他的眼睛是睁开的。水里的东西看得清清楚楚。如果把一样东西扔到池里，他不费吹灰之力就可以捡起来。会潜泳还可以拖人家的腿。一拖，让人家喝水，然后赶快逃掉。

既然他根本不会头破血流，那么救生员还吹哨子干吗？救生员就不会吹了。救生员会朝他跷起大拇指。他爬上来，又跳，救生员又跷起大拇指。

这是他想的。其实他不会跳水，他虽然会潜泳，但是不会跳水。他很想会跳水，但是他一直不敢真的跳，他只会"插蜡烛"。"插蜡烛"是什么意思啊？就是像蜡烛一样笔直地往水里一跳，头朝上，脚朝下。"插蜡烛"不是跳水。跳水应该是指像正式比赛那样跳。

他"插蜡烛"时都是用力地一跳。跳得远远的。所以他"蜡烛"插得很远。

现在三点半了。游泳池的墙上有个电子钟。这一场还有半个小时。

有一个大人坐在游泳池边。还有一个大人手叉着腰站在那儿。他们都不游干吗？

叉着腰站在那儿的大人胸肌很发达。

把时间都浪费了。总共只有一个小时。现在还有半个小时。半个小时也没有了，因为电子钟已经三点三十五分了。就像他不明白，大人吃冰棍，吃雪糕，怎么一口就咬掉了小半根，多浪费啊！小孩都是慢慢嗫的。一口一口嗫，嗫很长时间。

他游泳的时候一直要看那个钟。看看几点了。离结束还有多少时间。一个小时很短，一会儿就过去了。不一会儿，就已经只剩下几分钟。一会儿结束哨就响了。

结束哨一响，广播里就会喊：请大家赶快从水里上来！各位救生员同志注意了，请大家检查一下，游泳池里还有没有人！

每次，只剩下几分钟了，他就赶紧地游。游啊游啊。

其实他本来就是赶紧游的，只是现在更加赶紧了。赶紧得像拼命。

他每次进游泳池的时候都是奔跑的。奔跑着进更衣室，赶紧地把衣服裤子脱光，赶紧穿好游泳裤，赶紧沐浴，赶紧奔到消毒池把脚浸一浸，赶紧奔到泳池边，赶紧往水里一跳，"插蜡烛"，赶紧游。就好像来不及一样。

现在他看见了一个小姑娘。他不是故意要看小姑娘的。因为小姑娘不是在水里，而是坐在池边上。他才不喜欢你说他看一个小姑娘。其实这个小姑娘他刚才就看见了。她刚才在游的时候像一条游泳的红龟，划一次水抬一下头。小姑娘穿的红色游泳衣。划一下抬一抬头，划一下抬一抬头。她是在不深不浅的地方横渡。他是划几下才抬一下头的！他之所以看见她在游也是因为她穿的游泳衣是红色的。

他不是故意要看的。

你想不想知道这个小姑娘的名字？他是知道这个小姑娘的名字的。她叫余晓兰。

他还知道小姑娘的姐姐叫余晓晶。不过余晓兰不是他的同学，也不是和他住在一个院子里的，而是住在马路对面的院子里。他还经常在她家门口玩呢。不过他不和她说话。她也不和他说话。他一次也没有叫过她的名字，她也一次没有叫过他的名字。这是不是很奇怪啊？这一点儿也不奇怪。

你想不想知道余晓兰长得好看不好看呢？

这个最好你自己去想。他才不想告诉你人家小姑娘长得好看不好看。好看怎么了，不好看又怎么了，这和他有什么关系！他只知道她的眼睛很大，穿着红色的游泳衣，别的都不知道。

他看得兴致勃勃。

当然他还看见了很多的情景。别的情景我就不说了。因为老师布置你们写作文都是只写二三事的，所以我也不违反。虽然我现在已经不是小学生，而是作家，我也不违反。因为如果我违反了，很可能被水平很高的语文老师批评，说我很啰唆。我要听水平很高的语文老师的话。小的时候听，现在继续听。这样他们就会说，这个作家很听话，写的故事符合作文的要求，大家都去读一读吧！哈。

不过现在我还要写一个他心里的想法。因为心里的想法不是"情景"也不是"事情"，语文老师会原谅的。什么想法呢？这个想法你肯定猜不到的。这个想法就是，他想啊，如果一场游泳结束了，救生员的哨子吹响了，所有的人都从游泳池里爬上来了，但是他却没有爬上来，而是潜在水里，一直到下一场开始，这样就可以再游一场了！再游一个小时！救生员下水检查有没有人还在水里，可是却没有发现他。一个救生员从他身边走过，也没看见！你说这个救生员有什么眼力？

结果还没有等到第二场开始，他已经淹死了。被人家从水里打捞起来，躺在池子边上。有人要为他做人工呼吸，别的人说，早就死了，还做什么人工呼吸！

其实他根本没有死，是假装的。

他很后悔，如果没有被打捞起来多好。但是被打捞起来了，下面一场不能游了。

他只好站起来，到更衣室去换衣服。

结果大家都吓一跳："啊呀，他没有死！"你说他傻不傻，这么傻的想法也想得出来！

如果他真的这样做，那么根本还没有等到淹死，就已经哗地从水里冒出来了，拼命呼吸！呼啊，呼啊，像狗一样。还潜在水里呢？怎么可能啊！又不是潜水员。

这个拿着游泳裤的小孩还在继续兴致勃勃地看。

我不写了。

不过我要告诉你，他站着看的这个地方，就是余晓兰家的后门。

哈哈，站在人家小姑娘家的后门台阶上。

这是我小时候的事。不过我现在不说这是我小时候的事，我早把它说成是别人的。所以如果你说这是我小时候的事，我小时候怎么这么傻，那么我就坚决不承认！

飞翔的鸟窝

◎ 曹文轩

一条大河。大河边有一片树林。树林里，有许多鸟窝。其中有一个很漂亮的鸟窝。它是由花瓣、羽毛、金色的草丝和檀香树的树枝精心编织成的。

它的主人是两只不知名的鸟。它们是母女俩。这是两只羽毛丰满，色泽鲜亮的鸟，神态高贵。

这一天，女儿独自飞了出去。可是，它却再没有飞回来。母亲站在窝边，望着天空，焦急不安地等着。

月亮很亮。天空只有一朵朵的云在无声地飘动着。

第二天一早，鸟对鸟窝说："不行，我得找它去！"说完，飞离了鸟窝，向天空飞去。母亲也没有再飞回来。鸟窝开始等待鸟们归来。一天一天过去了，却始终也没有它们母女俩的消息。等待变成了日日夜夜的思念。它冲着天空，好像在问：它们究竟在哪儿呢？

这天早晨，一只绿头鸭正在水中撩水清洗自己的羽毛，看见水中漂过了鸟窝的影子——它侧着脑袋去看天空，随即大叫起来："瞧啊！

有一个鸟窝飞起来了！"绿头鸭们从水面起飞了，它们伸长了脖子："瞧啊！有一个鸟窝飞起来了！"它们的叫声传遍了整个树林。所有的鸟都看到了正在天空中飞翔的鸟窝。

空中飞的真的不是鸟，而是一只鸟窝！所有的鸟都感到很新鲜，全都飞上了天空。各种各样的鸟，五颜六色的鸟，飞行在鸟窝周围。但飞着飞着，它们便对鸟窝失去了兴趣，一只一只地落到树上、水上或地上。

现在，天空中又只剩下了鸟窝。它遇到了一只乌鸦。"你去哪儿？""我去找它们母女俩。"乌鸦说："你还是回去吧！""为什么？"乌鸦告诉它："听说，它们母女俩被一伙老鹰灭杀了。"它一惊，差一点掉了下去。但它很快又飞得高高的了。它对乌鸦说："不，它们还活着！"

鸟窝继续向前飞去。它遇到了一只白色的天鹅。"你去哪儿？""我去找它们母女俩。"天鹅说："你还是回去吧！""为什么？"天鹅告诉它："听说，那天有暴风雨，它们母女俩的羽毛被雨打湿了，掉在了大河里，被滚滚的大水冲走了。"鸟窝浑身颤抖了一下。那一刻，它觉得自己快要散架了。但它对天鹅说："不，它们还活着！"

鸟窝继续向前飞去。它遇到了一只蓝色的风筝。"你去哪儿？""我去找它们母女俩。"风筝说："你还是回去吧！""为什么？"风筝不想说，只是说："你还是回去吧！""为什么？""你还是回去吧！"风筝说着，飞走了。鸟窝追了过去："为什么？"风筝告诉它："听说，它们母女俩被人用猎枪打死了！"鸟窝听了，只是小声说："不，不，这不可能！"转而大声说："不，不，这不可能！"转而又小声说："这不可能！这不可能！人类不可能伤害这么漂亮而高贵的鸟！不可能……"

鸟窝离开了风筝，继续朝前飞行着。天下雨了。鸟们都飞至茂密的树枝下躲雨去了。不知已经飞行了多少天的鸟窝,却还在天空。它在雨丝中穿行着。雨停了。但鸟窝还在不住地滴着晶莹的水珠。

两只野鸽飞过。一只对另一只说:"那个鸟窝好像在哭呢!"

它飞着,顶着火热的阳光飞着,披星戴月地飞着……这天傍晚,突然刮起飓风,鸟窝一下子失去了平衡。它拼命想稳住自己,但还是控制不住地在飓风中旋转着。即使在那一刻,它还在想着它们母女俩:你们到底在哪儿啊?更加剧烈的风,一下子将它吹散了。落了一地的羽毛、花瓣、金色的草丝和檀香树的树枝。

第二天早晨,飞来了两只美丽的鸟。它们将地上的花瓣、金色的草丝和檀香树的树枝,用嘴巴一一捡起来——它们在一棵高高的大树的树顶,又编织了一个十分好看的鸟窝。

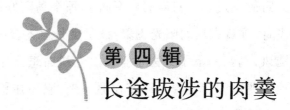

第四辑
长途跋涉的肉羹

　　幸福，常常是隐藏在平常的事物中，只要加一点用心，平常事物就会变得非凡、美好、庄严了。只要加一点心，凡俗的日子就会变得可爱、可亲、可想念了。就像不管我的年岁如何增长、不论我在天涯海角，只要一想到爸爸从凤山提回来的那一锅肉羹，心中依然有三十年前的汹涌热潮在滚动。肉羹可能会冷，生命中的爱与祝愿，永远是热腾腾；肉羹可能在动荡中会满溢出来，生活里被宝藏的真情蜜意，则永不逝去。

我的老师

◎ 贾平凹

我的老师孙涵泊，是朋友的孩子，今年三岁半。他不漂亮，也少言语，平时不准父母杀鸡剖鱼，很有些良善，但对家里的所有来客却不瞅不睬，表情木然，显得傲慢。开始我见他只逗着取乐，到后来便不敢放肆，认了他是老师。许多人都笑我认三岁半的小儿为师，是我疯了，或耍矫情。我说这就是你们的错误了，谁规定老师只能是以小认大？孙涵泊！孙老师，他是该做我的老师的。

幼儿园的阿姨领了孩子们去郊游，他也在其中。阿姨摘了一抱花分给大家，轮到他，他不接，小眼睛翻着白，鼻翼一扇一扇的。阿姨问："你不要？"他说："花疼不疼？"对于美好的东西，因为美好，我也常常就不觉得了它的美好，不爱惜，不保卫，有时是觉出了它的美好，因为自己没有，生嫉恨，多诽谤，甚至参与加害和摧残。孙涵泊却慈悲，视一切都有生命，都应尊重和和平相处，他真该做我的老师。

晚上看电视，七点前中央电视台开始播放国歌，他就要站在椅子上，不管在座的是大人还是小孩，是惊讶还是嗤笑，目不旁视，双手打起节拍。我是没有这种大气派的,为了自己的身家平安和一点事业,时时小心,事事怯场,挑了鸡蛋挑子过闹市,不敢挤人,唯恐人挤,应忍的忍了,不应忍的也忍了,最多只写"转毁为缘,默雷止谤"自慰,结果失了许多志气,误了许多正事。孙涵泊却无所畏惧,竟敢指挥国歌,他真该做我的老师。

我在他家书写条幅,许多人围着看,一片叫好,他也挤了过来,头歪着,一手掏耳屎。他爹问:"你来看什么?"他说:"看写。"再问:"写的什么?"说:"字。"又问:"什么字?"说:"黑字。"我的文章和书法本不高明,却向来有人恭维,我也是恭维过别人的,比如听别人说过某某的文章好,拿来看了,怎么也看不出好在哪里,但我要在文坛上混,又要证明我的鉴赏水平,或者某某是权威,是著名的,我得表示谦虚和尊敬,我得需要提拔和获奖,我也就说:"好呀,当然是好呀,你瞧,他写的这副联,'××××××,×××××春',多好!"孙涵泊不管形势,不瞧脸色,不斟句酌字,拐弯抹角,直奔事物根本,他真该做我的老师。

街上两人争执,先是对骂,再是拳脚,一个脸上就流下血来,遂抓起了旁边肉店案上的砍刀,围观的人轰然走散。他爹牵他正好经过,他便跑过立于两人之间,大喊:"不许打架!打架不是好孩子,不许打仗!"现在的人很烦,似乎吃了炸药,鸡毛蒜皮的事也要闹出个流血事件,但街头上的斗殴发生了,却没有几个前去制止的。我也是,怕偏护了弱者挨强者的刀子,怕去制伏强者,弱者悄然遁去,警察来了脱离不了干系,多一事不如少一事,还是一走了之,事后连个证明也不肯做。孙涵泊安危度外,大义凛然,有徐洪刚的英勇精神,他真该做我的老师。

春节里,朋友带了他去一个同事家拜年,墙上新挂了印有西方诸神油画的年历,神是裸着或半裸着,来客没人时都注目偷看,一有旁人就脸色严肃。那同事也觉得年历不好,用红纸剪了小袄儿贴在那裸体上,大家才嗤嗤发笑起来,故意指着裸着的胸脯问他:"这是什么?"他玩变形金刚,玩得正起劲,看了一下,说:"妈妈的奶!"说罢又忙他的操作,男人们看待女人,要么视为神,要么视神是裸肉,身上会痒的,却绝口不当众说破,不说破而再不会忘记,独处里作了非分之想。

我看这年历是这样的感觉,去庙里拜菩萨也觉得菩萨美丽,有过单相思,也有过那个——我还是不敢说——不敢说,只想可以是完人,是君子圣人,说了就是低级趣味,是流氓,该千刀万剐。孙涵泊没有世俗,他不认作是神就敬畏,烧香磕头,他也不认作是裸体就产生邪念,他看了就看作是人的某一部位,是妈妈的某一部位,他说了也就完了,不虚伪不究竟,不自欺不欺人,平平常常,坦坦然然,他真该做我的老师。

我的老师话少,对我没有悬河般的教导,不布置作业,他从未以有我这么个学生而得意过,却始终表情木然,样子傲慢。我琢磨,或许他这样正是要我明白"口锐者天钝之,目空者鬼障之"的道理。我是诚惶诚恐地待我的老师的,他使我不断地发现着我的卑劣,知道了羞耻,我相信有许许多多的人接触了我的老师都要羞耻的。所以,我没有理由不称他是老师!我的老师也将不会只有我一个学生吧?

长途跋涉的肉羹

◎　林清玄

在我读小学五年级的时候，有一次看见爸爸满头大汗从外地回来，手里提着一个用草绳绑着的全新的铁锅。

他一面走，一面召集我们："来，快来吃肉羹，这是爸爸吃过最好吃的肉羹。"

他边解开草绳，边说起那一锅肉羹的来历。

爸爸到遥远的凤山去办农会的事，中午到市场吃肉羹，发现那摊肉羹非常的美味，他心里想着："但愿我的妻儿也可以吃到这么美味的肉羹呀！"

但是那个时代没有塑胶袋，要外带肉羹真是困难的事。爸爸随即到附近的五金行买了一个铁锅，并向头家要了一条草绳，然后转回肉羹摊，买了满满一锅肉羹，用草绳绑好，提着回家。

当时的交通不便，从凤山到旗山的道路颠颠不平，平时不提任何东西坐客运车都会晕头转向、灰头土脸，何况是提着满满一锅肉羹呢？

把整锅肉羹夹在双腿，坐客运车回转家园的爸爸，那种惊险的情状是可以想见的。虽然他是这么小心翼翼,肉羹还是溢出不少,回到家,锅外和草绳上都已经沾满肉羹的汤汁了,甚至爸爸的长裤也湿了一大片。

锅子在我们的围观下打开,肉羹只剩下半锅。

妈妈为我们每个孩子添了半碗肉羹,也为自己添了半碗。

由于我们知道这是爸爸千辛万苦从凤山提回来的肉羹,吃的时候就有一种庄严、欢喜、期待的心情,一反我们平常狼吞虎咽的样子,一小口一小口地品尝那长途跋涉,饱含着爱还有着爱的余温的肉羹。

爸爸开心地坐在一旁欣赏我们的吃相,露出他惯有的开朗的笑容。

妈妈边吃肉羹边说:"这凤山提回来的肉羹确实真好吃!"

爸爸说:"就是真好吃,我才会费尽心机提这么远回来呀!这铁锅的价钱是肉羹的十倍呀!"

当爸爸这样说的时候,我感觉温馨的气息随着肉羹与香菜的味道,充塞了整个饭厅。

不,那时我们不叫饭厅,而是灶间。

那一年,在幽暗的灶间,在昏黄的烛光灯火下吃的肉羹是那么美味,经过三十几年了,我还没有吃过比那更好吃的肉羹。

因为那肉羹加了一种特别的作料,是爸爸充沛的爱以及长途跋涉的表达呀!这使我真实地体验到,光是充沛的爱还是不足的,与爱同等重要的是努力的实践与真实的表达,没有透过实践与表达的爱,是无形的、虚妄的。我想,这是爸爸妈妈那一代人,他们的爱那样丰盈真实,却从来不说"我爱你",甚至终其一生没有说过一个"爱"字的理由吧!

爱是作料,要加在肉羹里,才会更美味。

自从吃了爸爸从凤山提回来的肉羹，每次我路过凤山，都有一种亲切之感。这凤山，是爸爸从前买肉羹的地方呢！

我的父母都是善于表达爱的人，因此，在我很幼年的时候，就知道再微小的事物，也可以作为感情的表达；而再贫苦的生活，也因为这种表达而显现出幸福的面貌。

幸福，常常是隐藏在平常的事物中，只要加一点用心，平常事物就会变得非凡、美好、庄严了。只要加一点心，凡俗的日子就会变得可爱、可亲、可想念了。

就像不管我的年岁如何增长、不论我在天涯海角，只要一想到爸爸从凤山提回来的那一锅肉羹，心中依然有三十年前的汹涌热潮在滚动。肉羹可能会冷，生命中的爱与祝愿，永远是热腾腾；肉羹可能在动荡中会满溢出来，生活里被宝藏的真情蜜意，则永不逝去。

在压力下茁壮

◎ 刘　墉

今天你为了在学校练习演讲,很晚才回到家,满脸饥容倦色地坐在餐厅,却未见你吃几口。深夜,我经过你的房间,看你躺在床上若有所思,说是很困,却睡不着,你讲话时,我可以清楚地听见你的肚子在咕咕作响。一点钟左右,你总算出来弄了一碗意大利面吃,又喝了杯牛奶,但跟着喊肚子痛。

我叫你躺在沙发上,为你盖一个电热袋在腹部,又弄了几颗胃药、让你服下,便离开了。不是我对你腹痛如此不放心,而是因为我知道,你这些表现都是因为对明天比赛紧张所造成,那是每个人都可能有的现象。

当我在你这个年岁,也经常代表学校出去比赛,我得了台北市演讲比赛的第一名,又获得全省的冠军,名誉愈高,心理的压力愈重,由于从小学开始,年年的比赛都是秋季,我甚至只要感觉秋天地来到,心跳就自然加速;听到广播或电视里传来颁奖的乐声,也不自觉地紧张起来,仿佛又回到了比赛的讲台上。

尤其记得当我被选为国庆日中华体育馆庆祝晚会的主持人之后，整整一个多月，都吃不好，只觉得胸口有一种压力，甚至使我要作呕。

但是，那天晚上，当我手脚冰冷地走上台，面对三家电视台的联播和万人的会场时，我的恐惧突然不见了，只觉得所有过去的紧张与压力，都化作了信心与勇气。

据说，那一次我非常成功。它使我立刻被电视公司网罗，并进一步走入新闻采访与节目制作的行列。如此说来，那一个多月的压力，不是很值得吗？

其实压力是无所不在的，只要你自我要求，只要别人对你期许，自然就有压力。面对战斗的恐惧也是任何人都难以避免的，记得我们一起看的"晚间新闻"那部电影吗？女主角面对沉重紧张的新闻工作，早上光痛哭一场，再擦干眼泪，走出家门。

过去每逢我要插报晚间新闻，下午必定不碰咖啡，因为我发现，虽然已经是资深记者，喝了咖啡还是会有心跳加速的毛病。

后来我接受美国电视台一位资深记者访问，握手时，发现他的手竟然也是冰冷的。有一回国内来了位红歌星演出，上场前我在后台看到她，不但觉得她手心冰凉冒汗，甚至发现她不断地深呼吸，以驱除身上微微的颤抖。

所以当你看到台上人谈笑风生地主持节目，或记者轻松地报新闻时，要知道，他们在上台前，也都有心理压力。因为他们错不得，一错就呈现在千百万人的眼前。而且，你不要认为成名的老手比较轻松，实在人的名愈大，包袱愈重。他们是扛着半生的荣誉上台，怎能不慎重呢？

如此说来，以你一个籍籍无名的学生来与他们比，那点压力又算得了什么？我们甚至应该欢迎压力地来到,因为压力往往能激发我们的潜能,使我们超越原来的自己。

近代科学家,对于进化论有一派新学说,他们发现许多生物不是逐渐进化,而是突变进化的,而那突变往往是在环境压力的突变之下产生。

文艺的伟大作品和新流派,同样往往是在压力下产生的,没有战争的苦闷,恐怕不会产生达达主义(Dadaism),也没有毕卡素的"古尔尼卡"(Guermca,1937),更不会有杜甫的"兵车行"。甚至孵豆芽的人都发现,愈是压在下面的豆子,长出来的豆芽愈大。

记得我第一次量西装的时候,裁缝说我的左肩比右肩高,我笑答:"必定是因为我高中时都用右肩背书包,所以压低了!"裁缝则说:"你错了!你一定是用左边背,不信你注意挑担的人,常扛担子的那一个肩头,即使没有担子在上面,也会比另一肩高些!"

可不是吗!压力虽然不好受,但只会使我们站得更挺、步履更稳,能够在未来承担更大的压力,产生更强的斗志。且从身体的内部、心灵的深处,激发出源源不绝的力量,走向人生的凯旋门!

给我一粒脱身丸

◎ 毕淑敏

"妈,要是有人管你借东西,你借不借给他?"李遥遥站在书柜前,双手抱着肩问。

三个书柜并肩排在一起,像三胞胎。两个是爸爸的,一个是遥遥的,妈妈没有份。妈妈只有几本"天车工应知应会"的书,都塞在她搁工作服的工具箱里。

"当然应该借……"妈妈随口说道。但李遥遥双手抱肩这个很像大人的姿势,使她突然警觉起来。这么大的孩子了,绝不会连这么简单的道理都不懂,他的真实意图还没暴露出来呢!

妈妈耐心地等待着。果然,李遥遥接着说:"假如他借东西是为了装样子,那你还借不借给他。"

"那就不借。"妈妈很干脆地说,"对这种又小气又爱摆阔的人,用不着客气!"

"好像也不全是这么回事……"李遥遥迟疑着,很难把这件事说清楚。因为其实他本人也不大清楚。而且大人们都有这个毛病,你跟他说开个头，他就没完没了地扯住你问，好像你被卷进了一件谋杀案。还是少说为佳吧！

"既然人家开了一回口，不好驳人家面子，要不，就借给他吧！"妈妈是刀子嘴豆腐心的人，只一眨眼，立场就不坚定了。"比如楼下你张爷爷家，那回上咱家借一套茶具。我想茶壶茶碗的，谁家能没有？可人既然在说了，我也什么都没问，就把咱家那套新钧瓷茶具借给他了。后来才听说，是他家一个远房亲戚从美国回来了，要到他家聊天。他们家的茶壶嘴豁了，茶碗也摔得不配套了。像这种事，虽说也是装样子，依我看，能帮还是帮忙吧！"

妈妈在回答遥遥的问题时，常爱举自己的小例子。有时虽然不那么切题，李遥遥还是受到一种做人的启发。

"好吧。就借给他吧。"

李遥遥从书柜里往外找书。拽出一本，想想，舍不得，就又插进。书挤靠得很紧，像沙漠边缘密密的防风林，好抽不好插。李遥遥忙活半天，手里只留下两本又薄软的小册子，像早点摊上下够分量的冷油饼。

"你就打算拿这个借给人家人啊？我以为是借什么呢，原来是书！甭管是谁，借书是好事。把最好的书借给人家，这才是正理。"妈妈很严肃地说。

李遥遥只得挑了 5 本好书，又拿出他跟爸爸去参观汽车博览会，人家发的彩色画册，拆下几张给书包上了皮。（他挑的画页都是光印着外文说明的，有彩色汽车图案的，李遥遥还得留着自己欣赏呢！）

"遥遥，这书是借给谁的？"妈妈问。

"借给老师。"李遥遥懒洋洋地把书塞进书包。

"爸爸，您到底给我找不找书呀？"朱丹急得直跺脚。可惜海绵拖鞋跺在柔软的地毯上，一点儿没气势。

"找什么书呀？"爸爸把目光从精装外文书上缓慢地移到朱丹脸上。

"跟您说多半天了，您到底是听还是没听啊？您的听神经是不是出了毛病了？"朱丹大声嚷。父母都是医生，耳濡目染，她也很能操纵一些医学术语了。

爸爸一点不生气。繁重的工作之余，听小女儿这样跳着脚的吵闹，也是一种调剂。看她脸涨得通红，嗓门洪亮，这都是生命力旺盛的表现。假如全世界的人都这么活蹦乱跳，他也不用这样刻苦钻研了。

"听到了！你们学校让你们每人捐5本书，是不是啊？支援灾区，这是好事情嘛！你有那么多教学参考书和辅导资料，快去挑5本！这件事，我和你妈妈都支持。你长大要想成为一个好医生，首先要有一颗博大的爱心……"爸爸抚摸着朱丹的头发，很慈祥地说。

可是，这是一篇多么牛头不对马嘴的谈话！朱丹真伤心。爸爸的听神经没有问题，可耳朵是一条海底通道；朱丹同他讲的话，像一列高速火车，从中间开过去了，不留一丝痕迹！

朱丹索性不再向爸爸解释，单刀直入地说："人家恰好不要教学参考书！"

"灾区小朋友怎么能不要教学参考书呢？"爸爸遗憾地像面对讳疾忌医的病人。

"人家要课外书！只要课外书！"朱丹把自己的话压缩得简单而明确。只有这样，才能让沉迷于医学海洋中的爸爸，明白无误地听懂。

"唔，是这样。也好，灾区小朋友可以开阔眼界。这也算一家之言嘛！不过，我以为……"爸爸轻轻站起来，走到朱丹的书架前。清一色的难题解析、试卷汇编和自学指南……像是恭顺的仆人，随时准备为主人效劳。

"……还是这些书最好。"爸爸很肯定地说。

朱丹突然为自己感到深深的悲哀。什么"书是人类进步的阶梯"，"书是最美妙的精神食粮！"这些书不是！它们是蝗虫，把她的课余时间吃得寸草不生。它们是些蹩脚的厨师，把你吃过的剩饭一次又一次热了端上来，直到你一看到它们，太阳穴就嘣嘣乱跳，嗓子眼里就开始发咸……那些做不完的习题，就像脚上的臭袜子，今天洗干净，明天它又来了。洗啊洗啊，写啊写啊，永远没有尽头。……

她恨这些书！

"人家不要，你就另找几本书吧！"爸爸已经开始往回踱了，他认为问题已经解决。

"可是，我没有一本其他的书！"朱丹抗议一般地说。

"这样吧，我和你妈妈有一些不看的书，你从中挑几本。"

朱丹很失望。她本想借这个机会，使爸爸妈妈改变一下做法。没想到爸爸又补充了一句："好书不厌百回读。你以后还可以把这些题再做一遍！"

真是烧香引来鬼！

"哎哟！奶奶啊！糟了糟了！"

当范熊把书包甩到肩膀上的那一刹那，突然像被谁用锥子扎了脚心，大叫起来。

"小祖宗！又怎么啦？老这么一惊一乍的！"奶奶踏着小脚从里屋跑出来。

"书！忘带书了！"

"哪本书？是写着洋毛子文的还是那画光屁股小人的？说清楚

喽,奶奶给你去找!"

"什么叫光屁股小人啊!那叫生理卫生!不是!都不是!"

"那是什么书哇?"

"那是什么书,我也不知道!反正咱家没有!"

"这孩子,十好几了,跟奶奶逗什么闷子呢!没有的书,你叫奶奶到哪儿去我?真不听话!"奶奶在躺椅上舒舒服服地蜷起了身子。

"是老师布置让每人交5本书,奶奶,快帮我找啊!"

"咱家啥都不缺,就缺书。"奶奶长叹了一口气。

"那可怎么办哪?"范熊伸出胖得满是坑的手,做出一个要揉眼睛的动作。

"甭哭甭哭!奶奶给你钱!有了钱,什么都能买来!"说着递过一张十元票。

"不够不够!"范熊直撇嘴。"您这点钱,只够买小人书的!"

奶奶半信半疑,但她愿意自个儿的孙子买几本敦敦实实的厚书拿到老师那儿,给自家做脸,就又给了十块钱。

范熊把钱揣在后屁股兜里,刚出门,又弯了回来,愁眉苦脸地说:"奶奶,今儿个上学就得交书。"

"不是叫你买去了吗!"

"这么早,哪有卖书的摊哇!您当是这跟卖馄饨炒肝似的,大清早就有人练哪!"

"这可咋办?缓个一天半日的不行?还那么严!"奶奶瘪着没牙的嘴。

"本该昨儿个就交齐的,我就忘了,人家都缓我一天了。今儿个是说什么也得把书带去。"范熊索性不走了,坐在躺椅扶手上,等着奶奶想办法。

"对喽！上回你爸爸从海南趸货回来，好像带了几本书说是路上看着解闷的。你等着，别着急，奶奶给你找！"奶奶说着，像只老猫似的，扶着膝盖，钻进了床底。

范熊心里不落忍，"奶奶，您出来吧，我进去找！"

"你给我好好一边歇着！这么紧巴点地方，你那块头进得来吗？去，给我把拐棍拿来，我把这堆烂鞋再翻一翻。"奶奶的声音从床底下传出来。

奶奶提着几本书，从床底钻出来。范熊刚想说几句感谢的话突然瞧见最上面一书名《手相大全》，大叫起来："这可不行！"

"那这本呢？"

《麻将高级打法》。"这本也不行！"范熊说。

"你爸爸只有这书。嗨，拿去交差就是了！我就不信，那么多书老师还真一本一本看？"奶奶掸着衣角说。

对！拿去交差再说！

班主任看着同学们交来的几百本书，心里挺感动。

"现在，我们推选一位同学保管这些书。负责登记，送到指定的地方。还有一些具体的安排，图书室老师会告诉这位同学。大家看选谁好呢？"

同学们面面相觑。这是个可疑的差使，书是各家各户凑的，真要折了边角或者丢一本，还得打官司。学习这么紧，还是少管闲事！

半天没人吭声。几位班干部已做出"先天下之忧而忧"的姿态准备积极响应班主任的号召。

李遥遥举手。

"好。我们欢迎李遥遥同学……"班主任很高兴。

"不……我只是想问一个问题。"李遥遥站起来说。

"你说吧。"班主任虽然失望,依然微笑着。

"这些书借给大家吗?"

班主任明显地叹了一口气,李遥遥带来的书最新最好,他不愿借给别人。"你放心,这些书都是不外借的。"班主任示意李遥遥坐下。

李遥遥站在座位上,又举起了手。

"你还有什么要问的?"

"我报名当图书保管员。"

"你真傻!"李遥遥坐下后,他的同桌朱丹小声说:"这活又费力气又搭工夫。而且书都是旧的,像旧衣服一样,沾染了很多病菌,多脏啊!"

"是吗?"李遥遥恍然大悟的样子:"想不到你这么讲卫生!对了,你带钱了吗?"

"带了。要借多少?"朱丹慷慨解囊,打开一个粉红色缀满珠子的小钱包,里面有一张五块钱和一叠破旧的角票。"要借的太多,我可没有了。"

"钱比旧衣服和书可脏多了,你还不照样带着它当宝贝!"李遥遥得意地笑了。

"你这个人,怎么这么不讲理!人家是好心!"朱丹啪地合上钱夹,声音之大连最后一排都能听到。

李遥遥也感到自己这种以子之矛攻子之盾的方法,有点对不起人,可是,男孩了才不会把这种小事总放在心上呢。

"恭喜高升。"下课后,范熊走过来。

"升什么？"李遥遥一时摸不着头脑。

"升了图书看守啊！"范熊一本正经。

李遥遥忍不住笑起来："这名够损的。我主要是想能借机看点书。"

"甭管怎么着吧，你现在是这拨书的现管了。我得贿赂贿赂你。"范熊很严肃地说，然后掏出一个淡绿色的铁盒子。

"什么东西？"李遥遥吓了一跳。

"韩国的泡泡糖。告诉你吧，外国的泡泡糖吹的泡泡，比中国的泡泡糖吹的泡泡，要大。"

"留着你自己吹泡泡吧。直说，什么事？"李遥遥挡开了淡绿色的铁盒子。

"真是个廉洁的好干部。"范熊夸张地挑了挑胖胖的大拇指，凑过来说："等回头你造册登记的时候，先别写我带来的那几本书名。等明天我另给你带几本来。"

李遥遥看了看那些沾满蛛网的书，很果断地一挥手："本看守决定了，你拿走吧！不过，明天一定要带几本像样的来！"

1. 每天中午午休时，必须到图书室来。

2. 对陌生人一定要有礼貌。

3. 不许说对学校不利的话。

图书室的尧老师对各班来的图书看守，宣布了约法三章。大家都傻了眼。

李遥遥深深感到朱丹的先见之明，这绝不是一件好差事。午休时到图书室来，这要求李遥遥从此同篮球绝缘，他虽然爱看书，也不愿毫无自主权地天天来坐着。对陌生人要有礼貌。图书室从即日起不再对全体同学开放，等着迎接区里来抽查的检查人员。这陌生人，指的就是私访的检察官。至于最后一条，就更令人云山雾罩了。学校今年的图书经费都买了书柜，就没钱买书了，因此才要大家凑书来壮门面。这样的事，当然是不能说的。可万一陌生人问到别的事，谁知道当说不当说？可既然来了，就回不去了。

几个中午坐下来，除了那不知何时将至的陌生人，像乌云似的在头顶盘旋，别的还挺好。

图书室是一座低矮的平房。也许以后会盖成高楼，但李遥遥估计自己那时已经上了大学。

无论什么时候推门进去，都会闻到轻微的霉味，好像走进潮湿的灌木林。然后才会闻到淡淡的油墨味。

不过，靠墙有一溜很有风度的书柜，乳白色的，像医院的药柜一般洁净，闪着白贝壳一样的亮光。

"买了酱油就买不了醋。"尧老师气哼哼地说。

李遥遥终于明白了：因为经费有限，买了书柜就无钱买书。现在，区里要来检查，这关系到学校的荣誉还有老师们的工资问题，因此只好想出这个办法。

每个班收集的图书，装在一架雪白的书柜里，富丽堂皇。

书不外借，但图书看守们是可以随便看的。别的同学不让进，看守们必须每天来，不能让图书室太空旷。

一天过去了，又一天过去了。没有陌生人到图书室来。

李遥遥终于知道了什么叫作等待！

"走！打球去！"午饭后，范熊抱着篮球招呼他。

李遥遥苦笑着摇摇头。

"唉！你算什么看守？自己倒成了犯人！"范熊快活地拍着篮球

跑了,把这句倒霉的评价留给他的伙伴。

李遥遥开始看书。范熊的话不完全对,此刻,李遥遥感到自己是这几百本书的主人。它们像许多美丽的鸟,每一只都将把他驮到一个新奇的世界。他深深地被书的内容吸引。

"小同学,你在看什么书啊?"一个声音像炸雷似的在头顶轰响。

他看到一张和气的面庞和一双智慧的眼睛。这是一位慈祥的老伯伯。

但他是一个陌生人!

李遥遥很懊丧。真是,刚才他为什么不同范熊一道去打球?就是尧老师批评他擅离职守,也要比这样好得多!

他真倒霉!

现在,同陌生人对话的责任,已经不容置疑地落到李遥遥头上。

"我在读德博诸的《发明的故事》。"李遥遥很恭敬地回答,并把封面翻过来。

老伯伯点了点头。他看出了李遥遥地不安,但他以为是自己吓着了他。

"这本书好看吗?"老伯伯问。

"很好看。讲的是人类在科学与进步中,所做的种种发明。"李遥遥镇静下来。

"能讲详细些,举一个例子吗?"陌生人把交谈变成了一场测验。

"当然可以了。"李遥遥喜欢同别人讲自己读过的书,他那活泼而不安分的天性,像雨后顶着小伞的蘑菇,一个劲儿往上蹿。"老伯伯,您知道你鼻梁上架的眼镜,是谁发明的吗?"

陌生人一愣,下意识地用手推了推眼镜,鼻梁上出现一个被压成紫色的坑。

尧老师急得直使眼色，陌生人一摆手："小同学，真遗憾，我戴了几十年眼镜，还真不知道眼镜是谁发明的。你告诉我吧！"

"关于眼镜，您得感谢古罗马的尼禄皇帝。他在竞技场看角斗时，偶然把一颗有圆弧刻面的钻石拿起来，放在眼睛前面，角斗士的面容突然清楚地浮现在眼前。这就是最早的近视镜了。"李遥遥侃侃而谈。十几岁的男孩子，是世界上最自信的人。

"你经常到这里来读书吗？"陌生人接着问。

"是的。"李遥遥回答得一点不含糊。以前他就经常来看书，最近更是天天来了。

"这柜里的书你看过多少？"老伯伯随手一指。

假如他指的是其他书柜，李遥遥只能说看过一部分。没想到陌生人指的是装李遥遥他们班图书的那个柜子。李遥遥："一多半都看过了。"

"嗯？"这一声带有强烈鼻音的反问，显示出陌生人的疑问。

尧老师心想：你这个李遥遥，逞什么能啊！

遥遥倒一点不慌张，他说的是真的嘛！

老伯伯随手从柜里抽出一本书，"这本你也看过了吗？"

尧老师的脸色，当时就变了。她可从来不会给学生买这种书：李遥遥一看，细小的汗珠也像筛子似的布满鼻尖：这是范熊交上来的书。

"看……看过了……"李遥遥结结巴巴地说。他不愿说对学校不利的话。他也不愿意说假话。

"想不到你们学校图书室里能有这种书。"陌生人把书皮举了起来。

一个巨大而不成比例的圆颅，一双仁丹粒一样的小眼睛。滴溜圆两个眼镜片。三根翘起来的小胡子。身后还有一条粉红色的小尾巴。

这是谁？

大名鼎鼎的机器猫！

这就是范熊用奶奶给的 20 元钱买的那套好书！

"你喜欢这套书吗？"陌生人深不可测的目光，注视着李遥遥。

机器猫，神通广大的机器猫！你经常帮助野比，这次是不是也发扬一下国际主义精神，帮助中国少年李遥遥？

我只要一粒脱身丸。就是你的那种动物型脱身丸，吃了就能从尴尬的困境中躲出去。

可惜日本的机器猫，摆着永恒的骄傲的微笑，不理睬李遥遥的呼救。

时间已经过去得太长了，再不回答，就会违反了第二条规定。至于第三条，哪些是有利于学校的话，李遥遥真是搞不清。烦死了，还是怎么想就怎么说吧！这是李遥遥的一个法宝，说真话，最省劲了。

他咬咬书，说："喜欢。"

"我也非常喜欢。"老伯伯快活地笑起来，皱纹在他的眼角铺开一把精致的扇子。

"真的？"李遥遥高兴地用手拍了拍陌生人的手。大人们相识的时候是握手，少年们是拍手。拍手比握手好，它能发出清脆响亮的声音。

"我喜欢机器猫的善良和机智，还有我们很少有的幽默。你们能广泛拓展孩子们的兴趣领域，这很好。"陌生人对尧老师说。

尧老师脸上认错的苦笑还没来得及收去，频频点着头。

陌生人继续察看书柜里的书，眉毛突然打了结，他摊开一本包着黑色书皮的书问："这也是你们图书室的书？"

"是。"尧老师只能这样回答。

"《正常人体解剖学》……作为中学的孩子来读，是不是太深奥太专一了？"陌生人问。

"当然，您说得对……但是现在的孩子，什么书都爱看……"尧老师吃力地解释着。

李遥遥很同情尧老师。那些包有黑色 x 线胶片衬纸的书，都是朱丹拿来的，她只有这种书。

"那么这本呢？"老伯伯又抽下一本黑皮书。

陌生人这一次没有念出书名，他犀利的目光像雷达一样，在尧老师面孔上扫描。

那本书的书名叫作《计划生育手术图解》。

终于可以把个人的书领回家了。

李遥遥把自己的书抓在课桌中线上，好像那是一叠优质的砖头。

他用手推推朱丹。朱丹没理他。女孩子就是这样，你已经完全忘了是怎么回事，她们还在生闷气哪！

"未来的医生，你愿意看几本医学以外的书吗？"

没有哪一代青春是容易的

◎ 一路开花

这是你第一次和我促膝长谈,夜聊青春。坐在大冬天的暗夜里秉烛把话,的确别有一番诗意。

话至情深处,不免伤感。我开始向你抱怨我的一切。

生活在这个物欲横流的时代,有的时候,我连自己该做点什么,能做点什么都不知道。爸妈说自己很累,天天加班,工作,挤地铁,可我觉得我比他们累多了。

每天6点起床,从五环路坐公车赶去三环路上学。早餐,预习,单词任务,都必须在下公车之前完成。早上四节课,足以把你上到精疲力竭。但别着急,这不过是个热身而已。

中午有一个小时的休息时间。听起来很多,用起来很少。如果回家吃饭的话,来去公交就得花去整整五十分钟——这还得看运气,得看天气,得看路况。如果运气不好碰上下雨天,那你就等着迟到罚站吧。

在学校用二十分钟解决中饭之后,不代表你就有四十分钟的时间可以任意支配。早上四堂课的任课老师们估计前夜就想好了要给你布置什么作业。你只能赶紧乖乖跑进教室，奋笔疾书。

好不容易挨到傍晚，以为可以回家休息，却还有个附加的晚自习。为了提高升学率，晚自习不再是所谓的晚自习——上课，考试，讲解试题，弄得比正课还要夺命。

十点下晚自习，匆匆忙忙赶到家，洗漱一番后，恰好十一点整。注意，如果你不想班主任明天给你老爸老妈打电话，那你还是乖乖拿出学校发的题海追魂册好好弄一弄。

好不容易熬到放假，以为可以天天睡到自然醒，顺便去乡下度度假。岂料，在这个时代，暑假和寒假早已成过期的代名词。

放假的号角还没吹响，学校门口就到处贴满了招生广告。钢琴班，舞蹈班，写作班，奥数班，外语班，高考班……

你能想到的那些班，这里都有。你想不到的那些班，这里还是有。不必你操心，为了让你不输在起跑线上，爸妈早就勒紧裤腰带帮你报名了。

我几近哭诉的腔调，并没能唤起你的安慰和同情。你猛吸一口手里的烟，喝了口酒，开始向我陈述你那个时代的青春故事。

1949 年出生的你，刚好逢上新中国建立。你以为乱世已去，今后便可坐享太平。怎料，天不从愿，就在你最需要营养长身体的时候，自然灾害来了，1961 — 1963，整整三年吃不上东西。

凿壁借光，悬梁刺股，决定要上大学，结果，1966 年文化大革命，取消高考了。

再后来，年龄到了，谈恋爱吧，男女打扮不分了。女同志要掩饰得越神秘越好。无处不在的铁姑娘，假小子，二女子，不都是那个时代的产物？

混到 70 年代中后期,该结婚了,却又忽然面临一个巨大的问题,你是回城,还是高考,还是结婚?好不容易做出决定,扛起很多东西,把这些都熬过去了,想多生几个孩子享受天伦之乐,好了,计划生育来了。

等到后来,想一心扑到孩子身上,干点事业的时候,自己下岗了。

千辛万苦把孩子拉扯到大学毕业,却又偏偏碰上要命的工作难,住房难了——抠着指头算来算去,自己那点积蓄,还不够买个卫生间……

听着你的故事,我忽然想哭了。我们虽然天天住在一起,可我却从来不了解你。

你用布满厚茧的大手轻拍我的肩膀说,成长,其实就是一个跨越苦难的过程。彼岸虽然阳光芳草,瓜果鲜美,但到达彼岸的方法,却只有一个,那就是一步一步走完脚下的路。

我想,我会咬牙走完今天的路。我不抱怨,因为我懂,没有哪一代青春是容易的。

第五辑
想念的距离

　　它再也没有纠缠我、困扰我了，不管是在白天还是晚上，但我却越来越想念它了。想念是一种莫名的重量，压住我们的身体，想念是一种想哭的感觉，浸入我们的灵魂。我和肖菲菲成了最好的朋友。我们这些失去亲人的孩子，从彼此身上学会了勇敢、信任、感恩和友爱。当然，我最好的朋友还有那只能给我们寄去思念的九尾猫。

我的回忆录

◎ 舒辉波

我不知道我是怎样出生的,反正我蒙蒙眬眬地睁开眼就发现自己站在那儿。我的形体怎么样我不好描述,但至少我知道是与众不同的。我出生的方式和我出生的年代,使得我有一身铮铮的铁骨。我踌躇满志地抬眼望去,尽是些莽莽苍苍的植物。虽然我正站在一个相对的高度,但我总觉得我将还大有作为,这儿,不是我的久留之地。

而现在,我却只能站在这儿,看苍穹辽阔却无法展翅,看大地浩渺却无法抬脚。于是,我就傲视风沙细碎的牙齿在我的肌肤上无奈地啃过,我的尖啸经常在山涧上掠起。来吧!这些鸟雀,尽管把你们黑的、白的粪便拉在我的身上。燕雀安知鸿鹄之志!总有一天,天下人会抬起他们的头颅仰视我的奇美!

我把脚伸入了山脉,我把身子招展在空中,我在岁月中沉默,我在沉默中蓄势,这个世界上,只有我清楚自己的风骨!

也不知道又过了多少年,周围的世界变了又变,我把手伸展到空中,没有人能看懂我的舞姿,包括那些攀附着我的山花,我在寂寞中等待。

也不知道又过了多少年，我被一个樵夫发现，他简略地瞻仰了一下我的周身，叹道真美呀！听惯山风鸣咽和山鸟聒噪的耳朵听到这一声意料之中的赞美，我知道，我将要走出去了，虽然他还只是一个樵夫。山林中响起了砍击的奏鸣声，我的脚背上放着樵夫尚有余热的干粮。我宽容地看着他，我微笑地看着他，当砍击的奏鸣停止，当疲惫的樵夫向我走来，就在他拿起干粮抬头的时候，我的一只手抚摩了一下他的头顶。只见火星一闪我的触手的一个指头被击碎，他用左手捂住头顶溢出的红颜色液体骂道："臭石头！"

我诧异地盯着敲击过我的手的那柄斧子和我那截散落到草丛中的断指。我叫臭石头？我喃喃地问自己。我忍住了疼，我抬起头颅，迷惘地望着悠远更悠远的地方，我的心又开始在遥远的远方飞翔……

天上的云从头顶蹒跚而过，野花用她细长的臂弯紧紧地拥着我，风柔柔地吹过。我们温柔了一个春天，缠绵了一个夏天，忧伤了一个秋天，等待了一个冬天。来春她又用她柔嫩的臂膀拥着我，虽然我常和她缠绵，但只有我自己清醒，我的心在远方的高处。

"啊，美哉！美哉！自然斧工！"我发现自己正被三个锦衣人围着。我醉醉地听着，我知道了自己将会作为一个礼物送给当朝的圣上，大概御花园是一个美丽的地方，祭坛是一个肃穆的地方，而皇帝应该是一个伟大的老头。我醉醉地想着，我的心在青云之上飞翔。

第二天我的脚下多了一群精壮的汉子，他们开始把我的脚从泥里挖出来。当这活儿持续了五天后华衣人摇头说不行，得用炸药。我身上被凿了许多小孔，我在炮声中清醒。虽然我很向往远方美丽的御花园和神圣的祭坛，但我更在乎我的尊严不能被踩在脚下。我的铮铮的铁骨在铮铮地响，我的发须都立在空中凝固。我怒吼一声一头扎倒在近旁的一堆石头上，我不为瓦全。草丛中我破碎的胳膊，沙砾里我残缺的腿。华衣人说可惜之后撤走了所有的人，我，伤痕累累地躺在那儿。

在以后的日子里，在没有野花攀附的日子里，我携着一颗破碎的心继续收集鸟粪：白的、黑的，还有灰的、绿的……鸟儿有多好，一飞上云霄；云儿多潇洒，来去都飘摇。

后来我的身上生了绿苔，我眼里常含着泪。偶尔我也会想起那场奢华的梦，也许，当初应该同意他们用火药的，没有了梦想又谈什么尊严？……但我会压抑这样的想法，我经常对自己说，我不后悔，我——或许还可以用来做房子呢？

要做房子的山下的猎户认为我太大太沉……

岁月……

一次巨大的山洪，我退出了居身的高位。我能击碎冲撞我的石头，却消受不了溪水的搓揉。在没有洪水的日子里，我往往都要整日地和腻滑无骨的溪水嬉戏。许多时候我都忘记了自己曾经峥嵘的风骨，却常常怅怅地记起那场华丽的梦和梦中的御花园。虽然我很清楚是谁带我下了高位又是谁带来打击我的流石，但我却无法拒绝水的温柔，并且在缠绵缱绻中消瘦。有时也嘲笑自己，曾经想当房子的基石……

不知道是岁月让溪水流走了还是溪水流走了岁月，我在岁月中停停走走，我在溪水中走走停停。数不清有多少次碰撞，就像数不尽有多少伤疤。但往往愈合的伤疤要比以前的肌肤光滑，当全身是疤，我便又光又滑。在溪河的沉浮碰撞中，我成了哲学家，在这条美丽温柔而又可以诅咒的河流里，我必须变得圆滑，以免冲撞别人，也避免被别人冲撞，因此许多时候我都可以随波逐流而左右逢"圆"。

在岁月的河里我磨掉了棱角和梦想,难道仅仅是为了生存,为了避免受伤?

……

现在我变得又圆又小,玲珑剔透,现在我来到了一个大的河谷里躺在这儿暖暖地晒太阳。哦,河畔走了一个捡石子的小女孩。正向我走过来的小女孩呀,千万不要赞叹我的美丽……

想念的距离

◎　周博文

当我察觉到这些诡异事情，空气似乎重了很多，我每走一步，它都沉沉地压住自己的身体；晚上进入深睡前，总有那么几分钟它扑倒在我的身上，我指尖不能分开，浑身无力，我以为自己是睁开眼睛，其实眼睛紧闭，我以为我看到了它：那黑夜里深藏的骇人眸子，醒过来之后，我才发现，我什么都记不起来。

我什么都记不起来，但我意识到一股邪恶的力量紧紧地追着我，束缚着我。

我把这个故事讲给肖菲菲，她是我的同桌，肖菲菲和普通女孩没有什么两样，但她家里寄居着一只九尾猫。传说九尾猫是妖，也是人，每九年生出一条尾巴，等到长出九条尾巴，九九八十一年，再凑个九年就化成人形。但我去她家的时候，那个人还是只猫，黄色条纹，须长爪利。

上个月，那是我第一次跟随肖菲菲回家：那片野外的小树林，五月,合欢树林开满鲜花绵密连成一片,恰好隐藏了她家的老屋子。

"你害怕吗?"她问。

"不,"我摇摇头,忽然感觉温度忽冷忽热,迎面的疾风,我又补了一句,"也不是完全不。"

进屋,我看见那只猫蜷成一团睡在床头,唯独嘴巴露出。肖菲菲提醒我别去理它,否则它能记住你,它是妖怪,但一般不伤人,除非是陌生人的恶意攻击。我不信,我还指着那只猫说:"这不过就是一只再普通不过的懒猫。"

当我说到懒猫的时候,猫耳朵突然竖了起来,旋即猫倏地一声窜起,像是受到了什么惊吓,它的绿色眼睛瞥了我一下,我顿时吓坏了,再反应过来,那只猫已经跳到合欢树上了,它抓挠着树枝,花束被抖落。

"它记住我了?"我问肖菲菲。

"我说不好。"肖菲菲眉毛朝外面撇了撇,"不过,它大多时候不伤人。"

夜还未退尽的时候,我快步离开了小树林,肖菲菲并没有送我,自那之后,似乎一切神秘的事情都发生在了我的身上。

"它什么时候开始跟着你的?"她问。

"我不记得,应该就是最近一个月。"

"你看见过它吗?"

我点点头,然后又摇摇头。"我不知道。"我说。

"它不是我的猫。"

"你怎么就能确定?"我狐疑的语气问,我从没遇到过这种事,怎么会来得这么巧。

"它不害人。"肖菲菲郑重地说。

突然，我又莫名的眩晕起来，我看肖菲菲的眼睛里，分明藏着那只九命猫妖，肖菲菲正在邪恶地冲我笑，笑声越来越大，整个树林充满了回音。

晚上，它又紧缚在我身上了，我动弹不得，说不出话，抓不紧被子，好像整个身子被它缠住了一样，我想用意志唤醒自己的身体，说这一切都是假的，说阿弥陀佛菩萨保佑，但毫无效果，我冷汗遍体。几分钟后，我昏睡过去，直到第二天早上沉沉地起来，像是前晚上被人殴打过一样。

我得守住自己的灵魂，不让它离开自己的身体。我必须时刻集中精神，不让那个九命猫妖盗走我的魂魄。

"肖菲菲，我给你说，我越来越不对劲了。"我严肃地看着她的眼睛。

"嗯，我也发现了。"她轻描淡写。

"我没有跟你开玩笑。"我有点生气，但我压制住了，我必须求她帮我，让她求那只寄居在她家的九尾猫放过我。

"我也没有跟你开玩笑。"她对我的态度爱理不理，不管不顾。

我咬牙切齿。求人不如求己。我来到图书馆，翻开所有关于猫和猫科动物的图书，查找关于猫的一切神秘迹象与历史。我发现自己注意力涣散，不能集中精神，翻看的文字再我脑海里一闪即过，根本储存不在大脑中。

我的爸爸也是只猫，他学哲学，之前在外省教书，一年中只有寒暑假在家里待着，后来，他无法继续工作辞职隐居了。行径诡异说话怪异，他像猫一样傲慢、清高、洁癖、孤独，就算他在家，也是从清晨睡到黄昏，唯独晚上出来活动，看书、吃饭、散步、观察事物，普通人跟他无法交流，我的妈妈三年前跟他分开。之后在家照顾我的，只有我的奶奶,奶奶对我很好,处处宠我,但去年,她抛下我去了天堂。

奶奶走后,我彻底成了孤儿。可我们家族的人都有顽强的生命力和独立的生存能力,除了妈妈每个月寄钱给我,家里还有保姆阿姨,我自己的事情一切都可以搞定。

我想到爸爸说过的弗洛伊德,我并不关心这个人,但是我现在的症状和他的理论似乎很相似,他是个精神病医生,写过《释梦》,他说人的梦是无意识的变形,是本能欲望得不到满足进入到夜晚相对松弛状态后的畸形反应。夜晚做梦,白天幻想的人最容易得精神病。我突然意识到我的爸爸是这种状态,但我不是,我所经历的一切都没有任何的幻想成分。它真的实实在在地纠缠住我。

我和肖菲菲进入了冷战,但每天发生在我身上的事情依然在持续,不仅是夜晚入睡前,甚至在白天,我都感到了空气的重力,我的步伐变慢变轻,走着走着我不知道走到了哪里。

为了挽救我自己,我决定跟踪肖菲菲。

茂密的合欢树林,黛色的土屋,肖菲菲进去之后,没再出来。暮色四合,妖风袭来,合欢花纷纷扬扬下坠,夜色越来越黑了,我如果再不离开,也许就找不到回去的路了。我极力想稳住自己的慌张,不让这样的情绪弥散开,否则,我的身体会变得更加轻薄更加无力。

喵呜喵呜,终于,我又听到了那个声音,我看见了它,那只九尾猫,它嘭地从窗户中跳出,从屋内流溢出的点点微光洒在它的身上,它的声音渐渐扩大,越来越凄厉,在整个树林里回荡游走。我身上起着鸡皮,我屏住呼吸,但我不敢走,现在也不能。接着,肖菲菲也跳出窗户,这个举动让我感到异常惊讶,黑风甩动着她的马尾,发梢一会儿拍打到她脸颊,一会儿敲击着她的背脊。

九尾猫快速地向前奔跑，肖菲菲赶忙跟随着它，他们好像在寻找什么，或者，只是为了去一个既定的地点。

我在小树林这头平行地追踪着他们，风越来越急，空气越来越重，我好像要缺氧，即将眩晕过去的时候，他们停了下来。

眼前突然出现一片月牙状的湖水，我抖抖双臂，双手交拢在一起，确定这不是自己做的一个梦，湖水闪现翡翠色的荧光。这里怎么会有湖水？湖水为何会反光？肖菲菲和九尾猫来这里做什么？我尽量使自己呼吸顺畅，用手捂住想把惊讶叫喊出来的嘴巴。

九尾猫发现了我，它倏地转头，尾巴幡扬，朝我冲来，嘴里还不停发出凄厉地尖音，它狰狞地叫喊着，急速地奔来，似乎它的身躯在慢慢变大，变成一个庞然大物，一只巨兽，我正想撒腿逃脱的时候，发现双脚却被稳稳地黏住在土地上，霎时，我惊吓地昏厥过去。

在梦里，我又遇到了它。这次，它的形状似乎更加清晰可辨，我能听到它跟我说话，但是在睡梦的场域中，我无法集中自己的意志去搜集它的话语，也许，是它有意不让我听明白，我只记得类似咿咿呀呀呜呜哇哇声音碎片的零散罗列。它好像很难过，很委屈，很辛苦，它缠住我，不让我动弹，我浑身冒出冷汗，白天被惊吓覆盖，进入梦中，身躯心灵又要再次被抽打似的，我越来越疲惫，觉得已经无力负担了。

当我再次清醒，前方刺眼的光线照射过来，我身体仿佛覆盖着一层光毯。肖菲菲的身影稍微遮挡住了一些强光，肖菲菲的一旁，是坐卧着的九尾猫，他们俩背对着我，我吃力地睁开眼睛，咬着嘴唇，想悄悄地往后退，离开这里，不让他们发现。

但我发现这不行，很快那只狡猾的老猫又看见了我，不过这次它温驯了很多，它噗噗地朝我走来。肖菲菲看见猫掉头，也跟着她朝我这边走来,我看见她脸上似乎泛起了朦胧的微笑,光线太强,我不确定。

"你终于醒了。"肖菲菲蹲坐下来,软软地在我耳旁说道,她的猫走到了我的身后。

"这,这是哪里?"我对他们似乎很难再建立起信任,我怀疑地问。

"你能起来吗?"肖菲菲说,"我带你去见你想见的人。"

"想见的人。"我迷蒙中摇摇头,"不,这里没有我想见的人。"

"你确定?"

"我确定。"我坚持道。

"它也许想见你。"肖菲菲平淡地说。

"它?"我重复道:"它?那个它?"

肖菲菲点点头,"嗯。"

"它不就是你的猫吗?"我再回头看看身旁这只猫,已与普通的猫没有什么区别了。

"不,"肖菲菲摇头,"它不是。"

"那是谁?"我紧张道。

"过来。"肖菲菲伸出右手拉我起身,"跟我来,你就知道了。"

"这到底是哪里?"

"你真的想知道?"她反问。

"快点告诉我。"我急切地追问。

"这是幻想的国度,我们的梦里。"

"梦?"我吃惊地看着她。

"是的,这是我们晚上的梦里,只有在这里,我们才能与已经离去的人见面。"

"啊?"我再次捂住嘴巴,我手心冒汗,拽着衣角:"幻想,梦,我们的亲人?"

"对,因为他们只能出现在我们的梦里,不能在白天露面,可是他们思念我们,你感到害怕,但你所想的并不是事实。"肖菲菲耐心地解释道。

"我们是怎么进入我们梦里的?"我觉得自己这个问题都很奇怪。

肖菲菲指指自己的九尾猫,猫骄傲地蹿上了她的怀抱。

"你的猫带我们来的?"

"嗯,但只有九尾猫可以哦,它在夜晚,能看到人们的灵魂,难道你没听过类似的传言。"

我微闭起眼睛想了想,是的,是的,我记起来了,以前奶奶告诉过我她小时候,很多乡下关于猫能见到死去人的传言,可是那时我还不相信。

"请为我保密,也请不要将这个秘密传出去,否则,我就再也见不到我的九尾猫了,它会抛弃我们。"

我看着肖菲菲,再看了看它怀里的那只猫,点点头答应道:"嗯。"

"好,现在,我们去看你的奶奶,还有,还有……"肖菲菲欲言又止。

"还有什么?"我追问道。

"你的爸爸,"肖菲菲艰难地吐出这四个字,"他们现在都很想你。"

我才想起来,我几乎有整整一年没有见到过自己的爸爸了,他好像和这个世界中断了所有联系。我的眼睛开始泛红,盈盈的泪光在眼眶中打转,"我的爸爸也在这里吗?"

肖菲菲沉默地点点头。

我并不十分惊讶,因为爸爸一直是一只孤独的猫,这个世界根本没有他的生存领地。但我却有一种怅然若失的感觉,这种感觉渐渐强烈,好像空气里飘荡的都是遗憾和悲伤,而且这种遗憾和悲伤已经凝固,再不可能溶化。

"记住,你只能看见他们,并不能和他们说话,人在梦中是记不得对话内容的。"肖菲菲耐心地说:"因为我们不能真正进入他们的世界,这面湖,这道光,不过只是一个媒介,我们各自都还有各自的空间,因为我们是有肉体的人类,而他们已经身在灵魂世界了。"

我艰难地答应了肖菲菲。

眼前的光线突然散去,从光源的那头慢慢移出两个身影,越来越近,他们正一步一步地向我这里走来。我渐渐看清他们的样子,几乎要哭出声音,肖菲菲拍拍我的背示意我不要太过悲伤,时间有限。

我深呼吸,吐出一口气,告诉自己要勇敢,我再次抬头,真的,眼前的这两个人真的是奶奶和爸爸。我的泪水又来了。

奶奶还是那样的和悦、慈祥,她看到了我,脸上绽放出婴儿般的笑靥,她的白发渐渐蜕变成青丝,苍老的双手被时光奇迹的抚平;爸爸搀扶着她,他的眼镜依然那么古旧,他的气质依然那么孑然独立,他也看着我,眼神里似乎吐露着眷恋与遗憾。正当我忍不住想跨步向前拥抱他们的时候,光线却渐渐被四合的黑幕吞没,他们慢慢地,一点一点地糅合在无边的黑夜中了。

空气似乎轻薄了许多,但我的心却开始沉重,它隐隐地作痛。肖菲菲牵起我的手,她的眼中也泛着泪光。我问她:"我们什么时候可以再来,再来见他们。"

"下一个夏至。北半球,夜最短昼最长。"她回答道。

它再也没有纠缠我、困扰我了,不管是在白天还是晚上,但我却越来越想念它了。想念是一种莫名的重量,压住我们的身体,想念是一种想哭的感觉,浸入我们的灵魂。

我和肖菲菲成了最好的朋友。我们这些失去亲人的孩子,从彼此身上学会了勇敢、信任、感恩和友爱。

当然,我最好的朋友还有那只能给我们寄去思念的九尾猫。

木头人

◎ 吉葡乐

在木林森山包,有个村子,叫乌乌。

乌乌的孩子中间,流传着一种好玩的游戏。游戏一开始,先有一个孩子领头说:

"我们大家都是木头人,不会说话,不会动。"

在最后一个字说出口的时候,参加游戏的孩子就像被施了魔法,一动也不动。

不管这个时候你是什么姿势,什么表情,你都得忍着。要是你看到别的孩子在定格的瞬间,姿势特别滑稽,表情特别夸张,你也不能笑,你得忍着,忍着……你要是忍不住,笑出声来,那你就犯规了,接下来,你就要受到相应的惩罚。

惩罚的方式一般分为:刮鼻子、弹脑门、打哇哇。

别小看这些惩罚,很挑战小孩子的自尊心呢。

山包北面,有一大片湖。

湖底居住着一群水孩子。水孩子都调皮得很,会经常跑到岸上来玩。

"我们大家都是木头人，不会说话，不会动。"

水孩子们细声细气的，也全学会说了。

可是一到冬季，天气寒冷得不得了，水孩子们跑到岸上玩的机会就少了。尤其水妈妈说：

"这是一个很危险的游戏！在冬季，这么冷，千万别到岸上去！"

水妈妈一脸严肃，看得出，她绝不是故意恐吓孩子们。

纹翻翻眼睛，用纤细的手指尖，捅着冰凉的水面，水面立即出现了细碎的水纹，一圈一圈的扩散着消失了。

"待在水里真是没意思啊！"

纹还是一个劲儿地想出去。

夜里，轻柔的月光穿透水面，照在水底浮游上升的气泡上，水妈妈开始打盹，别的水孩子也都沉在水底，躺在水床上，盖着水被子，枕着水枕头，呼呼地睡熟了。

纹，就趁机逃跑了。

跑啊跑，像月光下的一片影子。纹很快就到了木林森山包。很快到了乌乌。

汪、汪、汪……在夜里，狗的叫声格外刺耳，好像那声音一口就能把你吞下去。纹抖了抖肩膀，上牙床磕打着下牙床，冷，真是冷啊，这鬼天气。

四下里，转悠了半天，连个孩子的影也没看到，它真有点沮丧，也许来得太晚了，也许天气太冷了，孩子们早就回家休息了，或者孩子们在这么冷的天里根本就不愿意出门。

纹越想越失落，在月亮底下，看着影子从自己的脚尖延伸出去，它发了一小会儿呆。突然,从冷飕飕的风里面,隐隐地传来一群孩子嬉笑吵闹的声音。纹,心里头马上就高兴起来了。

顺着声音寻去。

原来这户人家刚办了喜事,黑漆的木板门,菱形而立的大红纸上,写着大大的楷书"喜"字,并且那"喜"是倒的,是故意贴倒的吧,村里人的讲究,寓意喜到了!两边的黑漆木门框上,贴着喜联,上面门楣上贴着横批。看到这些,纹的心里一点一点暖和起来。

纹从虚掩的门缝里,悄悄溜进去。在门洞里蹭着墙角,往院内探着脑袋张望。

"我们大家都是木头人,不会……"

游戏现在进行时!"噜——!"纹忍不住激动地跑到这群玩耍的孩子中间。等那个孩子说完最后一句"不会动!",它跟所有参加游戏的孩子一样,定格在那儿,像一个木头人,大气都不敢喘一下。

木板门被碰的咣当咣当直响,连推带搡涌进来一群年轻的小伙子,看样子,都是赶着来闹洞房的。

不一会儿,又紧跟着来了几个妇人,这是来给新人铺被窝的。她们叽叽嘎嘎,连说带比画地走向新郎新娘的洞房。

有个捣蛋小子,看着这些一动不动的孩子们,嘿嘿地坏笑着,他不知从哪儿顺来一个爆竹,塞进砖缝,用手指间一闪一闪的烟卷,点着。

啪!

爆竹响了,有个孩子受不得这种突如其来的惊吓,双手捂住耳朵,忍不住"啊——!"地叫出声。

"哈哈,你动了!你出声了!"

孩子们围拢过来,要惩罚这个先叫出声的孩子。

是个很胆小的女孩子。脖子里缠着绿围巾。

大家惩罚她，就觉得手软软的，只刮刮鼻子吧。根据游戏惯例，一人一下。

最后，轮到纹，怯怯地伸出手指。

一下！又滑又凉的感觉。从鼻子尖上掉下。好像一颗星星滑下来那样。

"你叫什么名字？"

"星枝。"

"哦，星枝！"

"你呢？"星枝问纹。

"我……我叫水纹。"

他们还想更多的说些什么，立即就被打乱。因为新一轮的游戏又要开始了。

新郎新娘的洞房，不时传来哄闹的声音，贴着窗花的玻璃晃动着模糊的人影。月亮在天上，是那么明亮，时光如同静止了似的。

这样玩了很久。

夜，就像一瓶子摇晃着的水，慢慢地、慢慢地镇静下来。树粗壮的枝干，茂密的细枝末梢，在地上弄出疏离有致的影子。

起风了，树干和树梢被摇晃着呼呼地响，影子乱成了一团。

"我们大家都是木头人！不会说话！不会动！"

这一次，是星枝说的，她说的又急又快。孩子们根本没有多少时间来准备一个比较合适的姿势，就不能动了。

看看吧，有金鸡独立的，一条腿高难度的保持着身体的平衡。

有弯着腰没来得及直起身来的，现在，也只能继续的弯着腰。

有捂着嘴打哈欠的,手伸在嘴前,收不回去。

还有个孩子没站稳,在地上摔了个四脚朝天。

……

纹就在星枝的身边,倒是像有所准备似的,站得笔直笔直,这一次,好像孩子们都在心里暗暗较了劲,一定要坚持到别人先犯规。

只是天气越来越冷,忍不住打哆嗦。

不行,要稳要稳。纹在心里不断提醒自己。

这一次,好像大家都很有耐性,很长时间过去了,没有任何一个孩子犯规,好像都真的成了木头人。

月亮的光,被风吹的有些昏昏的。

突然,卟——!

不知哪个孩子放了个屁。于是,一个孩子指另一个孩子说:"你先出声了。哈哈哈哈。"

哎哟——妈哎! 随着这个孩子违反了规定,大家都像泄了气的皮球那样,放松了自己。

可是被指放屁的那个孩子坚决不承认。是啊,屁的声音基本都差不太多,不像嗓音那样容易辨别。虽然具体方位是确定的,可是那个方位,好几个孩子扎堆在一起,总不能说,这好几个孩子共同放的一个屁吧。事情还真难办。大家开始吵吵起来,吵吵到最后,也没有具体找到是谁,先指认别人犯错违规的那个孩子,倒成了罪魁祸首,大家建议惩罚他。

一个人弹他脑门一下。惩罚够狠的。

那个孩子哪里肯依,箭头一样窜出去,逃跑了。孩子们就嚷嚷着全散了。

院子里就剩下了星枝,今天结婚的是她的哥哥星斗,这儿是她的家。

"全都跑了! 哼。"

星枝也正想转身回到屋子里。

"咦?"

还站着一位,一动不动。

"哎——!"

还是一动不动。

星枝伸出手去一摸,倏地,指尖缩了回来,冰凉冰凉,纹是给冻住了吧。

"抱抱,抱抱我。"

纹在心里哀求。它的喉咙冻住了,发不出任何声音。

"你⋯⋯"

星枝有一些害怕。忙喊:

"爸爸! 爸爸! 快来呀! "

爸爸从一间屋子的门里跑出来,因为儿子的喜事,他正和星枝的妈妈料理那些请客用的盘子、碗、桌、椅、板凳。

"怎么了星枝?"

"他是不是中了游戏的咒语? 真的成了木头人?"

"木头人? 哈哈,怎么可能! "

星枝的爸爸伸出大手去,捏了捏纹。

在月光底下,星枝看到爸爸的眼睛在一瞬间亮了起来。

"是水孩子啊! "

"水孩子?"

星枝张着大大的嘴巴,鼻尖上,又凉又滑,好像还有,星星掉下来的感觉。

"在我们乌乌，乃至整个木林森山包，几辈子了，都想逮住一个水孩子。用尽了办法啊，也没有人能实现愿望，可是，今天水孩子倒变成'木头人'跑到我眼前来了。"

"它是不是结冰了？"

星枝突然明白了。纹，长时间不动，在这么冷的天气里，给冻住了。

"抱抱，抱抱我。"

纹在心里发出的声音越来越微弱。

"我来暖和暖和你吧。"

说着，星枝就张开手臂，想把纹整个纳入怀抱，却突然一把被父亲拽开。

"你傻了，它暖和过来就逃走了。"

星枝的爸爸把手伸在水孩子心口的位置。

"爸爸……你要干什么？"

"都说，水孩子有一颗鲜红的心。"星枝的爸爸看着月光下的水孩子问：

"你的心呢？"

水孩子连同衣服都变成了晶莹剔透的冰。它的喉咙发不出任何声音。

"你的心呢？"

星枝的爸爸又重复一遍。

啊……水孩子的胸口慢慢地变红、变亮，变得更红、更亮。星枝的爸爸，用兴奋地有点颤抖的声音，接着问：

"你的心呢？"

呜——，从水孩子胸口的位置，冒出一个光芒体。落入到星枝爸爸的手心，光芒渐渐敛去，星枝爸爸的手心里多了一颗鲜红的宝石。而失去心的水孩子，像一尊没有生命的冰雕。

焦黄的月光下，鲜红的宝石在星枝爸爸的手心里，最后跳动了一下，星枝听清楚了那个声音："抱抱，抱抱我。"

星枝的泪流下来了。

"哈哈，星枝乖，快随我进屋去！"

凉凉的泪水滑过面颊。她走过去抱了抱没有心的水孩子，冰凉冰凉的感觉，倏地一下像蛇那样蜿蜒着爬入她的内心深处。

回到屋子里，星枝的爸爸就着屋子里橘黄的灯光，细细地端详着手心里鲜红的宝石，色泽又润又艳，星枝的妈妈也凑过来，一辈子也没有见过这么漂亮的宝石啊。最后，星枝的爸爸用一块软软的布把宝石包好，放在一只小巧的荷包里。要是进城，碰到识货的人，一定会卖上大价钱。

想到那个大价钱，可以给自己带来各种生活上的改变，星枝的爸爸幸福地眯起了双眼。

第二天，没有心的水孩子见到阳光，化成了一汪水，渗进了泥土。

星枝，从此不爱说话。而且，再也不同别的小孩子们玩木头人的游戏。走在阳光底下，她似乎还总觉得在心底传来：

抱抱，抱抱我的声音。

星枝总觉得浑身发冷，冬天都过去了，她还穿着鼓鼓囊囊的棉袄。

"我和咱爸明天就进城去，找个识货的老板，把咱家那颗宝贝卖个好价钱，星枝，你想要什么礼物？哥哥尽力帮助你实现。"

"宝贝？是说要把红宝石卖掉吗？"

星枝瞪大了眼睛看着哥哥,心里说,"那可是水孩子的心啊,说什么也要阻止爸爸他们。"

可是谁会听她的呢,看来只有……

星枝在心里暗暗地拿了主意。

晚上,趁大家都吃饭的时候,星枝说自己身体不舒服,偷偷地溜进父母的房间,爸爸会把红宝石藏在哪儿呢?

盛衣服的柜子里,找了,没有。

放被子的壁橱里,伸进手去,扫荡了一个遍也没有。

放糖果的铁盒子里,倒出一堆花花绿绿的糖果,可是,没有红宝石。

梳匣里,各种妈妈年轻时的头饰:银卡、耳坠、发簪、项链……均已发黑褪色,这里面显然也不会有红宝石。

红宝石到底在哪儿呢?星枝还想继续寻找。

门突然被打开,闪出的空当里站着满脸怒气的爸爸。

"我就知道,你在装病。"

爸爸的目光变得非常冰冷。

"爸爸,请你……"

"我看你的小脑瓜里真是灌了糨糊,这是我们家几世才修来的财运啊!"

"是啊,星枝你真是傻啦!"

星枝的哥哥星斗附和着爸爸说。

"我看啊,她是想自己拿了宝贝,独吞,真是看不出,小小的年纪,这么贪婪。"

星枝的嫂嫂也过来指责星枝。

星枝看了一眼没有说话的妈妈,眼睛里含着泪回到了自己的房间。

一晚上，星枝都没有睡好。

第二天，星枝早早地就听到母亲叮叮当当在厨房里做饭的声音。星枝，也赶紧起来，她来到爸爸妈妈的房间，她一眼瞅见桌子上多了个荷包。

怦、怦、怦……星枝的心跳加快起来。

她抓起荷包，轻轻拽开抽绳，慢慢排出里面鲜红的宝石。这是水孩子的心啊，又润又有点凉溇溇的感觉，她紧紧抓在手心，打算出去找个妥帖的地方藏起来。她刚一转身——

就看到堵在门口的父亲。

"你在干什么！"

"爸爸！"

"放下！快放下！"

"我……"

"你成心想气死我！是不！"

星枝的爸爸伸过粗壮的胳膊，用力地扭住星枝。

"不，不！"

情急之下，星枝突然把红宝石放进了嘴巴。

"吐出来！"

也许正是"吐出来"这样的字眼提醒了星枝，星枝把红宝石吞进了肚子里，这下，星枝的爸爸一下子傻眼了。

可不得了了，星枝竟然吞下宝石，直到这个时候，星枝的爸爸才明白，什么也比不上自己的宝贝女儿重要。他一把搂过星枝就哭了起来。

星枝自从吞咽了宝石以后，就总是觉得渴、渴。心里头好像有一束火苗，蹿跃着，燃烧着。每天都要咕咚咕咚喝好多好多的水。

好像她的生命极缺水似的。

这样一直到了春季。

湖水明亮了，空气温暖了，木林森山包慢慢变绿了。

小山包的乌乌。

中午的炊烟。

草木气息变得浓烈了。

随着天气日益暖和，雨季即将降临。

要是天上突然蹦了一点雨星，星枝就觉得心里的焦躁就会少一点。

要是下起大雨，她就干脆跑到雨里，雨把她的全身都淋透了。

她却觉得身体轻地跟没有任何分量一样。

雨，穿过她的身体，她好似一个透明的、看不见的存在。她觉察到了，她对水的那种熟悉，就好像她原本就是属于水的一部分。

她融入了水，灵魂像一股烟雾似的，在房顶上飞溅起来的水汽里飘荡、飘荡，渐渐的，她可以飘得更高更远，一直向木林森山包的北面飘去……

山包北面的湖，氤氲着一片水雾。

星枝来到了这儿，她看到了一群水孩子，在水面上，各自施展着自己的魔法。有弄出水泡泡的，有弄出小漩涡的，还有把水弄出一小股一小股的水气的……

"纹，是纹回来了！"

水孩子全都爬上岸，脸上露出惊喜之色，聚拢过来。

"我，我是……"星枝想说自己是星枝，不是纹，可是不知怎么的，她却点点头，默认了。

"快来哟，快快来制造美丽的水纹吧！"

水孩子们在水里拽她。

她不由自主地跟着它们滑入到水中,星枝悠悠地吹着气,平整的湖面出现了细碎的波纹,一圈一圈的,更替着扩散、消失。

在不远处,一擎一擎的绿色大荷叶密密匝匝,参差交错,有的高出湖面,有的平铺在湖面,翠绿的玉盘里滚动着亮晶晶、圆溜溜的水珠。

夏日的中午,时光稠密、缓慢。

岸上的景物在湖水中一晃一晃,星枝躺在水里,随着波流荡漾,她模模糊糊地想起以前,耳边似乎还飘着那个遥远的声音:

"我们大家都是木头人,不会说话,不会动。"

"树袋熊"的美妙生日party

◎ 胡 莹

我家有个"树袋熊"

一个人每天都能睡上 12 个小时,而且躺下便鼾声震天,绝对具有树袋熊的贪睡功能。我经常和老妈说,难道老爸年轻的时候就这么贪睡吗?老妈微笑着摇头。

奶奶一听急了,哪个人敢这样给她的宝贝儿子起外号?正在她拿起锅铲要拍扁我时,我早已一个箭步跳到了门口逃之夭夭了。从那以后,我便经常喊老爸"树袋熊爹地",然后被奶奶撵着满屋跑。我笑着说,这是在陪奶奶锻炼身体,功劳有我的一半,也有老爸的一半。

感谢"油条大侠"

老爸是出了名的老实人,什么亏他都能吃得下,什么人他都想救济,其实他自己的事都没忙活明白呢。这不,我家楼下有个卖油条的大婶,每天早上都扯着嗓门吆喝着:"油条啦,刚出锅的油条。新鲜豆腐脑一元一碗！"我给那大婶起名叫"油条大侠"，因为她吆喝的架势绝对有大侠风范，一嗓子吼出来，全楼人都醒了。我爸天天早晨去买，他说人家不容易，儿子刚考上大学，家里人又都下了岗，我们每天买一根，没准他儿子就能在学校吃上几顿饱饭。

我的天，我亲爱的爸爸呀，你不知道你每天买回来的油条豆腐脑都只有你一个人吃吗？看把你撑得难受，全家人都心疼。那天你又去买油条，油锅被一个突然晕倒的人打翻了，整整一锅油都溅到你身上，你的右腿右手右胳膊还有你右侧的脸，全都烫得不成样子，去医院包扎后，奶奶看着直掉眼泪，妈妈也急得嗓子哑了，看着你被裹成木乃伊的样子，我心都快跳出来了。

我气愤地要找"油条大侠"算账，说她安全设施不齐全，你却用还可以活动的左手一把抓住我说："别去，要不是人家拉我一把，我脑袋都炸成油条了。咱得谢谢人家救我一命呢。"我顿时晕倒！我的老爸，这个时候你还要感谢人家呢？我佩服，而且是全身卧倒的佩服。

老爸人缘好，自从他受伤了，家里的人就络绎不绝，有他的同学、同志、社会上认识的朋友，竟然还有蹬三轮车的"老板"，对了，那个"油条大侠"也来了，还给老爸送来了不少水果。我老姑父最厉害，给我爸一块玉，上面写着：吃亏是福。我再次晕倒。还好没刻上活佛转世。

超小泡泡裙

长这么大，爸爸很少管我，人家都说，父爱如山，做父亲的总是沉默寡言的。我老爸不善言谈，管教我的次数有限，在我的记忆中，他甚至都没有抱过我。对于我的一切，我觉得他应该是陌生的。

我的穿着打扮其实一向都是奶奶说的算，由于奶奶的"超级审美观",我就成了班级里"新时期的刘三姐",因为我的小丸子头型还有我总穿着的那个黑布格大衣,对了,还有一条冬天我佩戴着的雪白雪白的白围巾,这些都成了我经典造型的重要元素。我终于忍受不了同学们的嘲笑,天天嚷着说,看在我听话的分上,赏我一个新时代的造型吧!我知道他们把全部的希望都放到了我身上,家里也确实不宽裕,所以我的要求就像风一样,说完就飘走了,没人在意。

看着别人佩戴漂亮的卡哇伊饰品、穿粉嫩粉嫩的漂亮裙子,其实我也嫉妒的,谁不想在这花一样的年纪让自己光鲜亮丽一回呢。终于有一天,我把自己弄成了极具现代气息的爆炸头,打了两个耳孔戴着很大的耳环回家了,一进门,迎面接住的就是老爸诧异的眼神,乖巧的女儿怎么变成了火鸡?我以为我会遭到轰击,结果却没有语言的连珠炮发来。我撇开全家人惊讶的表情径直走进了卧室,可当我看到床上那粉嫩粉嫩的泡泡裙时,我真是高兴得想尖叫,我立刻把它套在身上,可当我站在镜子面前时,我整个人都傻了,我哪有这么瘦啊,虽然我是纤细窈窕的淑女,可腰围也有一尺九啊。也不知道谁买的衣服,我穿上了简直就像个木讷的玩偶,勒得我都不能呼吸了,似乎一动胳膊,衣服就能撕扯开一样。

刚要走出去,回头却碰上爸爸的眼神,他不好意思地摸了摸自己快变成电灯泡的头说:"我不知道我闺女都长这大了,看来是买小了。"原来是"树袋熊"老爸的杰作。我晃着火鸡头,露出两颗洁白的门牙尴尬地笑了:"爸,挺好的。"这是我长这么大,老爸给我的第一件礼物,虽然穿上不合身,可心里却暖暖的。原来,父爱是那种甜甜的、淡淡的、带点清香的味道。他是在意我的成长的,只是我们的沟通缺少了一个小小的桥。第二天,我又恢复了"刘三姐"形象上学去了,只是这次我穿上了妈妈改过的超小泡泡裙。

"树袋熊"原来是帅哥

终于放暑假了，我冲出校园直奔沃尔玛，买了一大堆零食，回到家，窝在我那五指沙发上看韩剧《浪漫满屋》，男主角Rain如果用赵本山的话说，那简直是帅呆了。我一边吃着卡迪那薯片，一边哭得稀里哗啦。看着Rain帅气的脸，我想象着心中的白马王子，正在我花痴一样快流下口水时，老爸啪的一声关掉了电视："我想你该学习了。"看着"树袋熊"笑盈盈的脸，我真是无可奈何，我扯着老爸的衣角做痛哭流涕状，希望他能敞开慈悲为怀的心胸让我看完最后一集，老爸使劲抬了抬眼皮说："他很帅吗？"语毕，直奔老妈每天照了无数次的试衣镜。左扭右扭观察自己的体态。这可是在我记忆中老爸第一次这么认真地照镜子。

夜晚，满天的小星星都跳出来嬉闹了。老妈为我送来了苹果，我顺便复述了一下白天老爸的奇怪举动，谁想，老妈大笑，她说，其实年轻的时候老爸也是个名副其实的帅哥。老妈第一次拿出了她珍藏了好多年的老照片，左边，一个相貌堂堂、浓眉大眼的年轻小伙正在幸福地笑着。天啊，这张结婚照上的帅哥竟然是我爸？我揉了揉眼睛，反复看了好几遍，那现在天天挺着将军肚，脑袋上都快变成荒原的同志是谁呢？

老爸照镜子的时候一定在想，自己怎么在岁月的流逝中就变成现在这样了呢？想着父母为了这个家日夜操劳着，早就在岁月中逝去了青春年华，我的眼睛湿润了。老爸，其实即使你不是像Rain那样帅气，不像周杰伦那样有个性，在我心中你依然是最有魅力的人。

小纸条，满屋飞！

老爸的生日是在万物复苏的季节，我早就准备给他一个惊喜，所以我背着他和全家人都打了招呼，那天正好是星期天，老妈拉着老爸出门，说要去给奶奶买衣服，走出门口时，妈妈冲我挤了一下眼睛。门刚关上我就忙开了，我心里激动地想象着爸爸走进家门时的情景。

按照计划，老妈准时在晚上8点把老爸领回家，一推门，屋里黑洞洞的，老爸有些诧异，在他还没有搞清楚状况时，我已经手捧着蛋糕从厨房走了出来，满屋子的彩灯也亮了起来，我们唱着生日歌，老爸笑得是那么灿烂，他有些激动，因为他还看到满屋子都贴着五颜六色的小纸条，烟灰缸下面的绿纸条写着：老爸，以后为了家人，你要注意身体啦！酒柜旁边的红纸条写着：老爸，等我有钱了，咱喝洋酒，喝一瓶扔一瓶。厨房门上的蓝纸条写着：爸，别天天早上只吃油条豆腐脑了，明天我用零花钱给你买豆浆。还有，在卧室的门上有张漂亮的紫色纸条，上面写着："树袋熊"老爸，我爱你！

做女儿的总是有好多话想对父亲说，我把攒了十几年的爱都用那满屋飞舞的小纸条告诉了我可爱老实的爸爸，爱，也许我说不出口，就让我用这样的方式表达吧。第一次，我看到老爸眼角挂着晶莹的泪花。我攒钱为老爸买了一个薰衣草枕头，有着高血压贪睡的树袋熊老爸，希望你睡梦中都带着幸福的、甜甜的微笑。

猫的演说

◎　王一梅

狗不太愿意和别人说话，理由有以下两点：

1.他是一条狗，狗不会像猫那么爱唠叨，真正的狗是不怎么说话的。

2.狗刚刚从乡下来，在陌生的城市，一条沉默的乡下狗不会很快得到朋友。

所以在秋天的夜里，狗独自在路边走着，道路上落满了梧桐的叶子，一张一张，像是天空寄来的明信片，但是，狗没有去捡，他只是用他带铁钉的鞋底踩着枯黄的落叶，发出碾碎的声音。

这是狗在秋天的夜里弄出的唯一的声音。

在一盏路灯下面，一片树叶落在狗的头上，狗抖了抖耳朵，发现一个很高大的圆形水泥管道，路灯那柔和的光束笼罩着水泥管道，让狗觉得很安全。今夜狗决定住在这里。

狗打开了自己的行李。

洞外传来一个声音，"嗨！朋友，让我进来好吗？"

"好的。"狗把地方挪出来一些。

"我是演说家黑猫。"黑猫说话的时候故意动着他的胡子,显得很有表情。

"听说过演说家吗？演说家只有一个任务:就是不断说话。但是,演说家也要睡觉,睡着了一般不说话,有时候也说说梦话。"

哦,真是唠叨的黑猫。

黑猫喜欢说话,用他自己的话来说,理由也有以下两点:

1.他是一只猫,是猫就喜欢喵喵叫。这没有什么可奇怪的,就像青蛙喜欢唱歌,蚱蜢喜欢跳高,老鼠喜欢啃木头,粪金龟喜欢推粪。

2.他最崇高的理想就是成为一名伟大的演说家,演说对猫科动物的思想将会产生极大的影响。也许不光是猫科动物,鸟类,昆虫类甚至是顽固的人类都会产生影响。

这会儿,他打量着狗。然后说:"我认为,现在你应该听我的演讲。"

"不,我需要休息。"狗说。

"可是,我在各种各样的城市生活了很多很多年了,最大的体会就是:城市的交通糟糕透了,如果你不注意,会被公共汽车门、商场门夹住尾巴的。"

真的,对于有尾巴的动物,这是很麻烦的事情。

"我想,狗应该非常爱惜他的尾巴,因为狗用尾巴来表示自己的心情。如果快乐,会摇尾巴的;如果不快乐,会让尾巴拖在身后,是吗？"猫一个劲地说,他相信狗需要这样的指点。

狗歪着头,只是"哼哼"了一下。

"很好。"黑猫说。黑猫认为狗表示同意的方式就是这样的。

第二天早晨,狗睡到很晚,昨晚上猫好像一直在唠叨,狗根本就没有睡好觉。当他醒来的时候,他想对那只猫说:"我该走了。"然后,头也不回地离去。

可是,他发现黑猫已经离开了,只留下几根黑色的猫毛。

狗走到巴士站旁,一辆巴士停了下来,狗上车的时候,小心地把尾巴拉进车厢;当狗下车走进商场的时候,他也同样把尾巴拉进商场的门里。

狗突然想起昨晚那只黑猫。他想黑猫的理由有以下两点:

1.猫是狗在陌生的城市里遇到的第一位朋友。在这样的夜里遇到这样一只黑猫真有些意思。

2.狗想对猫说一句话:有时候唠叨也是有好处的。

于是,狗用他带铁钉的鞋底踩着枯黄的落叶,发出碾碎的声音,树叶一张一张飘落下来,落在狗的头上,狗抖了抖耳朵,他发现自己又走到了那盏路灯下面。

第六辑
我的同桌是上帝

"……我的名字叫尚第，请大家多多关照。"那位穿黑色校服的转校生自我介绍后，向大家鞠了个90度的大躬。全班同学哄堂大笑，左大龙的音量最大——"什么，他的名字叫尚第……他是上帝？那我就是魔鬼撒旦了！"不过，当转校生把头重新抬起来时，所有的笑声都戛然而止，每一个人的脸上都浮现出惊讶的神情：天哪，这个转校生长得实在是太……太帅……不，太靓……不，帅是用来形容男生的，靓是用来形容女生的，他好像既有男生的帅，又有女生的靓！怎么说呢，反正是太养眼了！世界上怎么会有那么完美的男生呢？老天爷，你怎么可以这样偏心呢？

电话大串线

◎ 周 锐

打电话就怕串线。你要找你爷爷,可对方说:"错啦,这儿是托儿所!"这多叫人恼火。不过这种事难得碰上一次。

这回可不得了,全市所有的电话一齐串线,乱成一锅粥。据说这是因为来了个外星飞碟,在咱这城市上空考察了三分钟,所以电话受到干扰。电话局负责监听线路的师傅告诉我,这三分钟里他听到了许多有意思的对话,我就把这些对话记了下来。

一个破坏分子找他的同伙联系,没想到接电话的是警察——

"喂,蜘蛛,我是跳蚤。我们的代号为'鸡飞蛋打'的爆炸计划你清楚了吗?"

"全清楚了。不清楚的是怎样才能找到你。"

"记住:今晚八点在火葬场门口见面。"

"明白啦,谢谢。实在是谢谢!"

"别忘了,晚上八点。"

"忘不了,晚上见!"

甲想同乙商量给丙送礼的事,结果丙本人代替乙听了电话——

"我说小乙,小丙快结婚了,咱们是他的好朋友,总要意思意思吧?"

"那当然,否则还算什么好朋友呢。"

"再说,咱们送礼给他,以后咱们办喜事,他会送还给咱们的呀。"

"嗯……既然是好朋友,就不要他送还了吧,啊?"

"咱们倒没什么,可小丙收了咱们的礼,能好意思不还礼吗?他不吃不穿也一定要凑上这份人情的。"

"那……那多没意思啊。干脆,也不送,也不还,行吗?"

"行是行,可小丙不会生气吗?"

"不会生气的。"

A 大夫打电话给 B 大夫,却和 C 病人对上了话——

"尊敬的先生,最近我老像鱼一样老喜欢吃蚯蚓,我对这病一点办法也没有,听说您手段高明,特地——"

"什么?您也有蚯蚓病?我刚得到一个方子,还没试过,但据说一定灵,先介绍给您吧。"

"太谢谢了!等一下,我去拿纸和笔……好了,请您说吧。"

"唔,医生要求:服这药时也得像鱼一样,一边游一边吃——"

"别,别说了!"

"给我开方的医生挺有名,大家叫他 A 大夫……"

一位旅客要坐火车去外地出差,但他打的电话串到了电影院——

"请问,五点半的票还有吗?"

"您搞错了,只有五点三刻的。"

"不,是您搞错了。我看了时刻表。"

"别说了,您是错定了。"

"您错了又不认错,就是错上加错!"

……

(他们就这样一直争下去。)

有一个匿名电话,本来是想打到蔬菜公司干部科的——

"听说要把蝴蝶迷提升为菜场蔬菜组组长,这是不妥当的。"

"怎么叫'蝴蝶迷'?"

"就是迷蝴蝶呗,他家有好几千种蝴蝶呢。"

"这跟当组长有什么关系呢?"

"当然有关系。爱好蝴蝶必然不会专心于本职工作。再说,蝴蝶是粉蝶的亲戚,粉蝶的幼虫是吃菜叶的,这么说来,蝴蝶也就是蔬菜的敌人,怎么能让一个喜欢蔬菜敌人的人当蔬菜组组长呢?"

"感谢您提供的情况。我们准备聘请这位蝴蝶迷到我们这儿工作。"

"你们——?"

"这儿是昆虫研究所。"

一个农民捕获到一只珍奇动物,他急忙向动物园报告——

"喂,动物园,我这儿有一只怪兽,三只耳朵五条腿。"

"我这儿是自然博物馆。请问,你那怪兽是死的还是活的?"

"当然是活的。不过,它不肯吃东西,我也不知道该喂它什么。我怕弄死了,所以想请动物园快点接去,他们是行家,有办法。"

"别急,别急。听你的描述,这是一只罕见的珍稀动物,我们博物馆当然很希望能增加这样宝贵的陈列品。不过,它还活着,这就不大好办,我们只能将死动物制成标本。所以你千万别急着向动物园报告,不要怕这怪兽死了。等它一死,请立即通知我们,千万别让动物园知道!……"

一位电影导演找他的演员——

"喂,我已决定由您担任《'火气大'伯伯》这部片子的主角。"

"我? 你是讽刺我吧? "

"哦,错了,我找的不是您。对不起。"

"哼,说一声'对不起'就完事啦? 你做这种莫名其妙的事情,浪费了我的时间,浪费了我的精力……哼! 哼! ! 哼! ! ! "

"哈哈,看来我还是没错,您的火气比我的演员大得多,就请你来扮演'火气大'伯伯吧。"

一位作曲家向电台提建议——

"我建议,最好把今天'歌曲选播'节目里的《笑个够》那首歌抽下来,换上另一首——《眼泪汪汪》。"

"我不是电台,我是听众,一个歌曲爱好者。《笑个够》和《眼泪汪汪》是同一位作曲家的作品,对吗? "

"哈哈,对极了,真是意外遇知音。我就是这两首歌的作者。我认为后一首歌是我的顶峰之作,而前一首歌太幼稚,太肤浅,太不能代表我的水平了。"

"可是,我和我的许多朋友都喜欢《笑个够》,不喜欢《眼泪汪汪》。"

"是吗？……"

一位当妈妈的突然接到车祸通知——

"请镇静,女士,您儿子不幸遇到车祸。"

"天哪！"

"他已经昏迷过去。我们从他身上找到了您的电话号码。"

"呜……怎么搞的呀,他一定是被坦克撞了！"

"奇怪,您凭什么做出这样的判断？"

"因为我儿子开的是本地最大的超级卡车,除了坦克,什么车子都撞不过他的。"

"什么？原来你儿子是开卡车撞人的那个！见鬼,那骑自行车被撞的青年不住在这里？"

"哼,不知道是哪家倒霉的小子。"

豆制品厂和西餐社联系——

"西餐社,明天有一大帮外宾要来参观咱们的豆制品厂,请帮助准备三百个色拉面包。"

"对不起,我们这儿是旅行社。不过我可以立即支持你三百个面包。这本来也是准备招待客人的,可是外国旅行社派来的代表说他们不喜欢这个。对了,顺便向您订货,这位外国代表想买些中国特产带回去,让家人也一饱口福。"

"他要什么？"

"三百块臭豆腐干。"

一家商店给他们的"协作单位"通消息——

"明天有一部分紧俏商品内部处理，我们打算给你们留一些。明天整日下雨，就请后天来取吧。"

"错了，我们是气象台。不过我们也挺愿意和贵店建立这种协作关系。"

"你们也有什么内部处理的东西吗？"

"呃，我们可以提供'内部预报'。比方说，根据内部预报，明天中午十二点二十三分至五十七分雨势暂停，我们可以趁这机会来取你们的内部处理品。"

一个少年打电话向一家成人杂志社询问稿件，却遇到一位专门为孩子写作的阿姨（或是奶奶，一位她说话时也像写作时一样，喜欢用娃娃腔，所以听不出她的确切年龄）——

"喂，本人是文学爱好者，我的那篇描写六国间谍大混战的拙作，不知你们过目了没有？"

"嘻嘻，真逗！我呀，一听就听出来啦，你呀，还不满十五岁，是一个想装成大人的孩子，对不对？嘻嘻！"

"我也一听就听出来啦，你是一个想装成孩子的大人。"

"哟，你真机灵。你别装大人啦，咱们交个朋友怎么样？'敬个礼，握握手，你是我的好朋——'喂，喂！你……怎么挂掉了？！"

蒜罐和杵棒

◎ 芷 涵

嗯,他的名字叫蒜罐,毫无疑问,是用来捣蒜的。他没有盖子,只有一个高高瘦瘦的杵棒时刻与他在一起。

对于一个蒜罐来说,最高兴的事莫过于在他圆圆的肚子里,投上几瓣白胖胖的蒜,等待杵棒用力地砸下来。

"一下,两下,三下……"蒜罐舒服极了,按摩一样。他常常在这个时候生出许多幻想,微风中,一位母亲抱着小宝宝安详地悠荡。

奇怪的是,好长一段时间,蒜罐和杵棒没有过捣蒜的经历了。再不劳动就生锈了,"砰"他俩跳下橱柜,跑出去活动筋骨。

杵棒在前,罐子在后踢踢踏踏往前跑,杵棒苗条,动作敏捷,上蹿下跳。罐子呢,短粗短粗的,极为呆笨。不是被土坷垃绊倒,就是被花蔓缠住,有时刚爬到山腰,一个不留神又滚到坡下。这可忙坏了杵棒,他一会儿抬着罐子的头,扶起他。一会儿推着罐子的身子护着他,一会儿又趴到沟边,伸出手拉他。唉,往往一天下来,他们什么也没玩成,还弄得蒜罐浑身是泥。嘴里要么叼着一根草棍,要么含着一粒石子,狼狈极了。

又是一个秋风萧瑟的季节,片片黄叶如纷飞的彩蝶在风中舞动,这样的日子最适合旅游,蒜罐和杵棒又出发了。

今天还算顺利,爬过一个山头,穿过一小片矮丛,罐子只摔了5个跟头,比起以往的10个少了一半呢,因为这个,蒜罐和杵棒很有成就感。

他们来到一座大山前。山上或红,或黄,或绿的色彩在涌动。杵棒兴奋得直蹦,脚底下很快被踩出坑。

"你自己上去吧,我恐怕爬不上去呢。"蒜罐的情绪有点低落,他觉得自己的身材最不适合爬山。刚才那5个跟头全是在那个小山头上跌的,眼前这座大山,即使滚下来一千次,他觉得自己也爬不上去。

杵棒倒是很同情蒜罐,蒜罐爬上一米高会滚出两米远,这样的速度两辈子也到不了山顶。

"我在这等你!"蒜罐说。

"不要乱跑,万一你掉进坑里,我到哪里找呢?"杵棒一边往上爬,一边嘱咐,这句话他喊了15遍。

杵棒的身影渐渐地被暗波涌动的彩色浪涛吸进去了,蒜罐心里生出一股莫名的惆怅,他真希望自己也有一副苗条的身材。

哀叹是什么都改变不了的,他找到一块石头坐下来,望着山顶发呆。

杵棒此时爬得正欢,山上的风景太美丽了,红色的浪,黄色的浪,绿色的浪,每一次滚动都会有不同颜色的叶子落在杵棒脚下,杵棒将他们拾起来,穿成一串,挂在脖子上。下山的时候,他要给蒜罐讲这些树叶的来历。红色的代表我想你,黄色的代表我更想你,绿色的代表我越来越想你。杵棒知道,听到这些罐子一定会很开心。不知不觉杵棒爬到了山顶,举目四望,杵棒惊呆了。大地一片金黄,那是黄色的海洋,海洋里有白兔在游,猴子在游,山羊在游,哇,如同在梦里一般。

杵棒真想在山顶待一辈子,可是想到山下的蒜罐,他有点迫不及待,"咕噜咕噜"向山下滚去。耳边风声呼啸,天在旋地在转,他第一次品尝到打滚的滋味。

"嗵"滚到山脚时,杵棒被什么东西挡住了,他这才睁开眼睛,还没看清身在何处,就大声喊起来:"蒜罐!"

没有人答应。

"蒜罐!"杵棒没来得及拍一下身上的土便惊慌地站起来。

"蒜罐!"他四处张望着。

还是没有人回答。

草丛中,石头旁,矮树下,难道他又滚到了坑里?杵棒的心"咯噔"疼了一下。

他飞快地向一个大坑跑去。

呀,果然有条小路,蒜罐一定是跑过来玩了,杵棒心里一下就来了火。

"蒜罐!"他声嘶力竭地喊。

"呼啦"草丛深处有鸟儿飞过。

杵棒紧走几步,趴在坑沿边往下瞅。下面黑乎乎的什么都看不清。

杵棒睁大眼睛,喊了十多声,下面也没有人回答。杵棒很失望。

太阳已经偏西,杵棒离开大坑又去其他地方寻找,也没有蒜罐的影子。

"难道是掉到坑里摔碎了?"杵棒最不愿意这样想。此时他却有了这样的预感。他第一次感觉到对蒜罐的思念是那么强烈,如果蒜罐不在了,还要他杵棒干什么?

这样的想法，让杵棒的身体一下就没了力气，他颓唐地坐在草丛中，后悔万分，明知道蒜罐行动不便，还把他一个人扔在山下。明知道他滚到坑里就爬不出来，还自己离开，杵棒恨死自己了。

夜来了。

秋天的夜凉凉的，被露水打湿了身体的杵棒怎么都睡不着，脖子上的树叶七零八落，他不知道这辈子还有没有机会告诉蒜罐自己很想他这句话。

想起同蒜罐在一起的快乐日子，泪水顺着面颊滚落下来，迷糊中杵棒睡着了。不知过了多久，太阳出来了。杵棒站起来，继续寻找蒜罐。

第三天，第四天，……第七天。杵棒的身体瘦了很多，还是没有找到蒜罐。

杵棒彻底失去了信心。

悔恨一点点啃噬着他的心。

他慢慢走到那个又深又大的坑边，无力地闭上眼睛，猛地跳了下去……

下坠，下坠，下坠，一阵让人眩晕的感觉将杵棒包围，耳边传来"呼呼"的声音，紧接着他"噗"摔在了一堆软土上。

"我死了吧？"他问自己。

"你没死。"一只大老鼠不知从哪儿钻了出来。

杵棒睁开眼睛，这是一个杂草丛生的大坑，潮湿极了，湿气氤氲，真不是一个好地方。

"没死，我就爬上去，重新再跳。"杵棒望着坑壁想找个能下手的地方往上爬。突然，他呆了。

在一个灌木丛中，他看到了蒜罐露出来的屁股。

"啊,蒜罐!"杵棒张牙舞爪,惊喜地跑过去。

"你还活着,是不是又出不来了,我拉你!"杵棒捧着蒜罐的屁股往外拽。

"别,别动我!"蒜罐轻轻地说。

杵棒对蒜罐的反应很是失望。

"你生我的气了?"杵棒问。

蒜罐不回答杵棒。

"以后我再也不把你一个人扔下了。"杵棒又说。

蒜罐还是不说话。

杵棒站在蒜罐身边咬着手指,此时他真正有了一种被遗弃的感觉。

这时那只大老鼠鬼头鬼脑地望着杵棒。

"走开!你给我走开"杵棒正好有气没地方撒,他挥起拳头。

"别叫,我喜欢他在这里。"蒜罐终于说话了。

"这么说你不要我了?"杵棒问。

蒜罐又不说话了。

杵棒撒娇地推了蒜罐一下,蒜罐没动。杵棒突然想起来,蒜罐怕痒,便钻到灌木丛里,想把手伸到他的肚子里挠他的痒,谁知,眼前的一幕,让他瞪大了眼睛,蒜罐的肚子里趴着一群还没长毛的小老鼠。

那只大老鼠在这时也"嗖"地一下钻进去,虎视眈眈地望着杵棒。

"我以后不能同你在一起了。"蒜罐不敢正视杵棒的眼睛。

"哦,我明白了。"杵棒本来想把自己寻找蒜罐的难与苦全告诉蒜罐的,可是他觉得说不说这些都没用了。他的头晕晕的,四肢瘫软的马上要跌倒,他艰难地迈着步子,向远离蒜罐的方向走去。

就在这时,蒜罐落下了积蓄在眼中许久的泪水,是不舍,是留恋,还是内疚？他也说不清楚，在杵棒消失在他的视线那一刻，他突然号啕大哭。

也就是在此时，杵棒扭过身子，猛跑回来，泪流满面地说："我愿意天天守在你的身边，保护你，还保护你的小老鼠。"

秋风又起，秋叶"哗啦啦"落了下来，一片，一片，又一片，那么美，那么美……

我的同桌是上帝

◎ 杨 鹏

"……我的名字叫尚第，请大家多多关照。"

那位穿黑色校服的转校生自我介绍后，向大家鞠了个90度的大躬。全班同学哄堂大笑，左大龙的音量最大——"什么，他的名字叫尚第……他是上帝？那我就是魔鬼撒旦了！"

不过，当转校生把头重新抬起来时，所有的笑声都戛然而止，每一个人的脸上都浮现出惊讶的神情：天哪，这个转校生长得实在是太……太帅……不，太靓……不，帅是用来形容男生的，靓是用来形容女生的，他好像既有男生的帅，又有女生的靓！怎么说呢，反正是太养眼了！

他给人的总体感觉有点像尊一触即碎的瓷器，阳光落在他白皙的皮肤上，溅起不太真实的光晕，五官的大小和位置无可挑剔，中等身材，但却匀称得没法说。他的气质也是一流的好，文质彬彬，却不给人任何谦卑和懦弱之感。

世界上怎么会有那么完美的男生呢？老天爷，你怎么可以这样偏心呢？

"尚第同学,冯离离旁边有个空位子,你就坐那吧。"

班主任指着我身边的空位子对转校生说。班上所有女生的目光像聚光灯一样"唰"地汇聚到了我的身上——那可不是什么善意的目光,你如果是刚从月亮上掉下来的人,想体验一下什么叫嫉妒厌恶愤怒诅咒无奈无间道无中生有血海深仇不共戴天灭你九族刀山火海十八层地狱万劫不复永世不得轮回……只要让她们看一眼就行了——我出一百万打赌你肯定死无葬身之地!

我潜意识里有一种窃喜之感,不过,我可不是那种看见帅哥就走不动路的"追男仔"。哼,才不是呢,在我看来,所有帅哥都是金玉其外败絮其中的花瓶——他们的天生条件太好了,所以不用怎么努力,就可以让女生们青睐有加,可以要风有风、要雨有雨。哼,我才不稀罕去巴结那些被光鲜的外表包装着的草包呢!再说了,我也是个全校数一数二的美女,我怎么可以随便降自己的格呢?

当十分养眼的转校生向我走来时,我的心虽然怦怦跳着,但是,我却扬起了高傲的头,故意对他视而不见。

养眼的转校生还真有两把刷子!

不管是语文课,还是数学课、英语课,或者是体育课,他的表现样样优秀:他有过目不忘的本领,生僻字多得打架的古文,他看一眼就能倒背如流;数学老师出的奥数题,连全班最牛的"陈景润第二"都被难住了,他却不假思索地在黑板前现场把它搞定;他的英语口语好得让教了一辈子学的英语老师恨不得拜他为师;体育课达标测验,他每一项都破了世界纪录……

哇,我现在知道什么叫"惊为天人"了!这个家伙,真"天人"也!

他越出色,我就越感觉到自己的平凡——我越来越觉得自己才是个花瓶呢!

心灵的天平开始七上八下——你以为我开始要崇拜他了吧?才不呢!课间,看着大家像周杰伦来了似的里三层外三层地把他围住,我就在心里想:哼,别自以为优秀,人家就要像只哈巴狗那样追在你的屁股后面跑,才不呢!

生物课,大快人心的是,养眼的转校生终于出了一回丑。当时,生物老师给大家提了个问题:"恐龙为什么会灭绝?"

这个问题实在是太小儿科了,我在上幼儿园时,就看过许多恐龙的画册,知道这是个未解之谜。其他同学也不逊于我,他们有的说是因为小行星撞击地球,造成漫天的灰尘导致恐龙毁灭;有的说是因为地球变暖,许多植物灭绝了,恐龙是被活活饿死的;有的说是造山运动……这些事情,我们在动画片里也看过不少,对我们确实不新鲜了。

然而,养眼的转校生说出来的答案却叫老师和全班同学都大跌眼镜——他说恐龙是因为上帝打了个喷嚏,导致了物种灭绝。

同志哥,这实在是个无厘头的答案,很不好笑耶!(不过确实有几个女生像马屁精似的捧腹爆笑起来)虽然他答得很认真,但在我看来,他实在是有点恃才放旷,或者说,是在哗众取宠。

你说,这样的男生,就算他再有才,再养眼,我能喜欢他吗?

下午放学,当一大群女生围着他跟他要签名,还要和他共同回家时,我如箭一样冲出了教室,像兔子一样跑得飞快。切,我才不愿意让自己看起来像个贱胚子!

夕阳像个橘红色的气球在高楼顶上徐徐下坠,当我确信自己冲出了养眼的转校生巨大而魅力四射的阴影时,我停下来,弯着腰双手抱胸直喘气。

突然，我的眼眶有点湿润——我为什么总是要与众不同呢？我为什么不能像别的女生那样去对优秀的男生俯首称臣呢？我这样做到底是为了什么？他和我是同桌，在别人看来，我近水楼台先得月，为什么我不去摘那我伸手就能够得着的虚荣呢？……

我发现自己突然有点想念那养眼的转校生了！就在我的心像泡进牛奶里的饼干慢慢变软的时候，一个像风铃一般悦耳的声音在我耳边响起：

"嗨——"

我回过头，惊讶地发现，那个养眼的转校生，不知什么时候已经站在了我的身后，用让女孩子全身酥软的目光注视着我。

虽然我不是什么高傲的公主，但是，我要与众不同！不，我绝不能让他看出我心中的软弱，绝对不能！

我若无其事地扭过头去，装作没听见似的在空无一人的胡同里向前迈步。

"冯离离，等一等。"

他追了上来，拉住了我的手。

我的心里突然涌起一阵厌恶感：什么呀？我还以为你是个超凡脱俗的男生呢，原来也不过是个看见美女就像牛皮糖一样黏着人家不放的讨厌鬼。

"放开我。"

我一甩手，转过身，用像斗牛士看着一头正向自己冲过来的猛牛一样的目光瞪着他。

"对……对不起。"

他感觉到了我的敌意，说话顿时语无伦次，白皙的脸竟然变红了。

他竟然会脸红！

"说吧，什么事？我正忙着呢！"

我装作大忙人的样子对他说。

"我……我想请你帮个忙。"

我面前的小男生脸更红了，讷讷地说。

"说。"

我的心又开始变软，不过说话的口气锋利如刀子。

"我想和你交朋友。"

他的声音小得像蚊子，但我却听得清清楚楚——呸！天下乌鸦一般黑，天下男生一般俗！俗俗俗！俗不可耐！

"讨厌！"

我扔下两个掷地有声的字，然后大步流星地向胡同外面走去，想甩掉他。

现在，他的养眼、他的才华、他的风度……在我眼里都变得像剥掉的糖果纸一样，虽然花花绿绿的，却一钱不值。

"冯离离，你如果想要钱的话，我可以为你变出钱来！"

养眼的男生，不，养眼的花瓶、草包追了上来，说出了一句让我恶心透顶的话。原来是个富家公子啊，难怪！

"好啊，你给我一千万，我就跟你交朋友。"

我故意刁难他。我知道，越有钱的人越小气，我有个叔叔就是个亿万富翁，可是，当他妻子得白血病的时候，他却连一个子儿都不掏，眼睁睁地看着她的生命如风般渐渐逝去。或许因为这个原因，我对有钱人没好感。

"真的吗？"

养眼的草包脸上现出喜色，只听他"啪嗒"一声捏了个响指，突然间，奇迹出现了——我身后的胡同，铺满了一沓沓花花绿绿的钞票——还都是美元呢。

他是怎么办到这一点的？

难道他是个魔术师？

"我没有办法知道这满地的钱是真是假，你还是把它们变掉吧。"

我摇了摇头说：满地的钱对我确实没有吸引力。我出生于单亲家庭，妈妈从小就告诫我不是自己的钱一分钱都不能要。

"那我给你变一辆世界名车吧！"

他又捏了个响指，满地的美元消失了，一辆锃亮的、长长的、流线型的劳斯莱斯出现在我的面前。

"接下来你是不是要给我变幢豪宅？除了金钱和名车，你还有什么打动女人心的手段呢？你们这些人，穷得只剩钱了！"

我鄙夷万分地说。

"我明白了，地球上有那么一类女子，只喜欢英雄，对物质的东西不感兴趣。你，大概就是这样的女子。"

他点了点头。劳斯莱斯像蒸气一样消失了。

"嘎吱——"

一辆运钞车在我们的前方数米处突然停下。

"滚开！不然碾死你们！"

运钞车的车窗里，探出一个戴着黑头套、只露着两只眼睛的脑袋，他的手里，握着一把冲锋枪。为了吓唬我们，他一边恶狠狠地说着，一边还用那闪烁着冰冷光辉的枪对我们指了指。

怎么回事儿？运钞车和银行抢匪是从哪个旮旯里钻出来的？我惊疑地想。这时,我听见车里的歹徒也发出了和我类似的疑问：

"老大,这是什么地方？刚才我们还在高速公路上跑,怎么现在钻进小胡同里了？"

另一个回答：

"真是见了鬼了！"

难道,是养眼的草包——不,现在还能叫他草包吗？他应当是个魔术师吧？不然怎么想变什么就变什么呢？运钞车和银行抢匪,大概也是他从别的地方变过来的吧？他刚才说什么？美女爱英雄？他是要在我面前演一出英雄救美女的活剧吗？

接下来发生的事情,验证了我的想法：运钞车上的抢匪,见我们还不让路,就横冲直撞过来。他向前伸出两手,一堵看不见的墙就横在了我们和运钞车之间,当运钞车撞着那堵无形的墙时,就顿住了,怎么也无法继续向前冲。抢匪们感到十分不可思议,他们将车倒退数米,又用冲锋枪"嗒嗒嗒"地朝我们射出一梭子弹,我在电影《黑客帝国》里看到过的"子弹时间",在这一刻变成了现实：那些子弹离我们还有一米远的时候,突然间全顿住了,他的手在空中一挥,子弹就像橡皮做的一般,全都委落在地上。抢匪们正大呼"邪门"的时候,他像打太极拳似的,两手一个逆时针翻转,那运钞车就整个地颠倒过来——像一只龟背向下、肚皮朝天的大乌龟,无力翻身。过了一会儿,警笛声呼啸而来,警车从胡同的两头堵住了运钞车,荷枪实弹的警察从警车里出来,抢匪们束手就擒……

混乱之中,养眼的转校生拉着我的手,冲出了胡同。

我们前面的这个湖,叫什刹海。夕阳将湖面染得红彤彤的,湖面上有白鹭在轻盈地飞翔,盘旋的鸽群扔下一串清脆的鸽哨声从我们头顶掠过。这是一个诗意、清爽和美丽的黄昏,我和养眼的转校生走在湖畔,心中突然涌起一股没来由的浪漫。

"怎么样,现在可以做我的朋友了吧?"

养眼的转校生站在我的面前,目不转睛地望着我——他说话的声音还是有点怯,像一个害羞的孩子。

虽然我的心已经软得不行,可是,我的理智还在提醒我:绝对不行,他只不过是个魔术师,用了我所不知道的办法给我制造了一堆幻象。魔术都是骗人的,我怎么能相信一个喜欢骗人的男生呢——虽然他很养眼。

"感情这东西是不能勉强的。"

我摇了摇头,我很难想象要是我的母亲知道我有男朋友了,会多么的伤心——她一再提醒我中学时代不能早恋。

这时,不远处,一座古庙里的撞钟的声音"当当当"地响了起来——现在是傍晚6点了,我必须赶快回家,不然妈妈会着急的。

可是,我现在对这个养眼的转校生有点欲罢不能了——我真的有点喜欢他了,有一点,那么一点点。情感这种东西,总是超越于理智啊!

就在这时,风将一声极其无奈的叹息送到了我的耳边:

"唉——我得走了。"

是转校生,他的眼中,竟然蓄满了泪水,神情充满了让人不忍的无奈。

"我是上帝,我要走了。"

他摇了摇头说。

"我知道你的名字……"

我有点于心不忍。

"不，你不知道，"他摇了摇头说，"我是创造这个世界、主宰万物的上帝。我的时间到了，我现在必须回到天堂，回到我的天使同事们身边。"

他是上帝……开、开什么玩笑？

"我没有开玩笑。我真的是上帝，自从我创造地球和人类之后的数十亿年，我一直在不停地工作。我想好好地休息一下，可是，人世间总是有那么多的琐事等着我去解决。我烦不胜烦，就向天使议会提出了休假的申请。我的申请天使议会整整讨论了一万年才得以通过。不过，天使们还提了一个条件：我以转校生的身份到人间后，必须在8个小时内得到学校老师为我安排的同桌的友情，如果我成功了，我可以在人间休假一年；如果我办不到，我就必须回到天堂去……"

他说话的时候，头上竟然现出一个光圈，背上长出了两只巨大的、洁白的翅膀。

他是上帝，他果然是上帝！

"那我现在就答应你，请你当我的好朋友！"

我大声说道，甚至想去握他那女子一般纤细的手。

"不，来不及了。6点的钟声响过之后，我就没有机会了！"

他说着转过身去，轻轻地扇动翅膀，一阵风从我脸颊上覆过，我看见他快步在水面上奔跑了几步，就扇动着巨翅，朝大如车轮的夕阳飞去，不一会儿就化作一团白色的光点，越来越小，消失在火红色的天边。

从此以后，我再也没有见过上帝。在后来渐渐长大的岁月里，我经常会到那个上帝离去的湖边，仰望天空，在心里说一声：

　　"对不起,上帝。人世间有太多的阴错阳差,因为我的性格,我错过了机会。如果一切可以重来,结果,一定不会是这样!"

　　上帝,你能听见我的呼唤和心声吗?

打个盹儿的工夫

◎ 曾维惠

冬日的夜晚,北风夹着冷雨,呼呼地刮着。

"嘎吱、嘎吱——"一辆人力三轮车,正在雨中前行。路灯散发出的原本是温暖的橘黄色的灯光,在夹着冷雨的北风中,洒在三轮车上,洒在车夫的后背上,显得有些凄冷。车夫和三轮车的影子,在凄冷的灯光下,拉得老长老长……

三轮车夫是一个四十来岁的中年男子,生活的风霜,染白了他的头发,岁月的利剑,在车夫的脸上刻下了道道沟壑。

车夫把客人拉到了指定地点,客人下车后,递给他两元零钱。车夫接过这两元钱,轻轻地抚平,然后揣进了口袋,满意地笑了。

教室里,一个穿着橘黄色棉衣的女孩,手中的笔正"唰唰"作响,一行行清秀的字,从笔尖静静地流泻而出,在方格纸上,组成了一个个优美的句子:"我爱我那做三轮车夫的爸爸,他的工作,在凌晨那橘黄色的路灯光下开始,又在那深夜的橘黄色的路灯光下结束……"

女孩儿感觉有些累,她伏在桌上,想打个盹儿。

"打个盹儿的工夫,你可以走很远的路。"一个声音在女孩儿的耳边响起,"打个盹儿的工夫,你想做什么?"

噢,那是一个白色的小精灵,她在女孩儿的课桌上跳舞。

"打个盹儿的工夫,我想去看看拉三轮车的爸爸。"女孩儿对小精灵说,"打个盹儿的工夫,我想为爸爸送去一杯热茶。"

一个橘黄色的小精灵,从女孩的身体里飞出来,飞到了窗外……

北风,一阵紧似一阵,它肆意地侵袭着世界的每一个角落。车夫把三轮车靠在一家小旅店的墙根处,他伸长了脖子,朝店内张望,他多么希望有客人从旅店里出来,坐上他的三轮车到另一个地方去啊!

"嗖——"北风迅速地钻进了中年男子的脖颈里,他哆嗦了一下,然后紧紧地捂了捂衣领,又开始了焦急的等待。

"丁零零——丁零零——"

清脆的铃声,让车夫一愣:"谁动了我的铃铛?"

车夫的目光停在了离铃铛最近的手柄上:那里挂着一个橘黄色的口袋。车夫取下口袋一看,里面有一杯热茶。

"噢,很暖和,暖进了心里。"车夫喝了一小口,笑容就绽放在他那黝黑发光的脸上。

"打个盹儿的工夫,我为您送来一杯热茶。嘻嘻——"一个橘黄色的小精灵,绕着车夫和三轮车转了一圈,便飞走了。

下晚自习了,孩子们纷纷涌出校园。

一个男孩跳上三轮车,说:"三轮车,走。"

车夫却说:"对不起啊,我要接我的女儿。"

另一个男孩说:"你可真是孤陋寡闻,这辆三轮车,下晚自习的时候,只载他的宝贝女儿,是不载客人的。"

穿着橘黄色棉衣的女孩儿出来了，她熟练地登上三轮车，说："爸爸，我们回家。"

风，停了。雨，住了。

街道两旁的路灯，散发出来的橘黄色的灯光，照着女孩的脸，照着车夫的后背，照着"嘎吱、嘎吱"前行的三轮车。冬日的夜，也是那样的温暖。

"女儿，你看，爸爸给你买了你喜欢的东西。"

到家了，车夫来不及用热水袋暖和一下冰冷的双手，就从怀里取出一个小纸包。

女孩儿接过这个还留有爸爸的体温的纸包，打开一看：一个漂亮的蓝脚丫笔记本！封面上，几个蓝色的脚印，在金色的沙滩上延伸开去……

这天晚上，女孩在橘黄色的灯光下，翻开笔记本的第一页，写下了几行字：

我的每一个成长的足迹，

都浸满了爸爸苦涩的汗水。

那些深深浅浅的脚印，

见证着我的失败和成功……

"女儿，我睡了，你也早些休息吧。"

"爸爸，我马上就睡。"

隔壁房间里，传出了车夫的鼾声。在橘黄色的灯光下，女孩儿在做着功课，每一页书，每一道题，都凝聚着希望与梦想。

睡梦中的女孩儿，被车夫的铃铛叫醒："女儿，该去上早自习了。"

天还没有亮，街道两旁的路灯，散发出橘黄色的灯光，洒满街道，就像为车夫和女儿铺上了一条橘黄色的地毯。没有下雨，但今天的风，比昨天的还要急，还要冷。车夫用力地蹬着三轮车，朝女儿学校的方向赶去。

课间的时候，女孩想打个盹儿。

"打个盹儿的工夫，你可以走很远的路。"一个声音又在女孩儿的耳边响起，"打个盹儿的工夫，你想做什么？"

一个白色的小精灵，又在女孩儿的课桌上跳舞。

"打个盹儿的工夫，我想去看看拉三轮车的爸爸。"女孩儿对小精灵说，"打个盹儿的工夫，我想为爸爸送去一双手套和一条围巾。"

一个橘黄色的小精灵，从女孩的身体里飞出来，飞到了窗外……

校园外的那块空地上，摆放着十来辆三轮车，车夫们都在等待着顾客的到来。寒风中，许多车夫都戴着手套围巾，从他们嘴里哈出的白气，停留在围巾周围，很快就结成了薄薄的冰块。

只有一个车夫没有戴手套和围巾，他舍不得从那些两元、一元、五角的零钱中，拿出一些来买手套和围巾。这位车夫把双手交叉插在腋下，想取得一丝温暖。

"丁零零——丁零零——"

清脆的铃声，让车夫一愣："谁动了我的铃铛？"

车夫低头一看，离铃铛最近的手柄上，挂着一个橘黄色的口袋。车夫打开口袋一看：里面有一双黑色的手套和一条黑色的围巾，手套上和围巾上都绣着几朵橘黄色的小花，看起来特别温暖。

"噢，很暖和，暖进了心里。"车夫戴着手套，围上围巾，笑容就绽放在他那黝黑发光的脸上。

"打个盹儿的工夫，我为您送来一双手套和一条围巾。嘻嘻——"

一个橘黄色的小精灵,绕着车夫和三轮车转了一圈,便飞走了。

在以后的日子里,每一个早晨和夜晚,车夫都要拉着女孩儿,来往于家和学校之间那条长长的街道上。街道上,洒满了橘黄色的灯光,是那样的温暖。车夫和三轮车的影子,在橘黄色的灯光下,拉得老长老长……

差点忘了告诉你:在以后的日子里,总会听见车夫轻声说:"谁动了我的铃铛?"

狐狸山

◎ 郝天晓

狐狸山之所以叫狐狸山，是因为它的形状像极了伏地而卧的狐狸。春天时它是嫩绿色的狐狸，夏天是墨绿色的狐狸，秋天则是黄色的狐狸，冬天又变成了白色的狐狸。狐狸山上住着很多狐狸，不过那已经是很久以前的事情了。

一

"嗒嗒——嗒嗒——"

窗外又传来了敲窗户的声音。秋梨从炕上探起身，可还没等她看清狐狸的影子，姥姥那只有力的胳膊便从被窝里伸出来，一下子把秋梨按了下去。

"快睡觉！"姥姥粗着嗓子说。

"嗒嗒——嗒嗒——"窗外的声音还在继续。秋梨虽然又躺下了，但是眼睛却怎么也合不上，她真的好想看一眼窗外的那只狐狸，看它是不是真的和图画书上画的那样，长着一条红红的毛茸茸的大尾巴。

它每天晚上都来敲窗户,到底想干什么呢?

恍惚间,那条毛茸茸的大尾巴似乎就晃动在秋梨的眼前,她刚想伸手去抓,就听姥姥一声大吼:"臭狐狸!给我滚远点——"

秋梨被吓醒了,"哇——"的一声哭了出来。

姥姥一边摸着秋梨的头,一边生气地骂着:"看把我们家妖精吓得,臭狐狸!等我抓住你的,一定把你浸到水里淹死!"

秋梨抽泣着,慢慢又进入了梦乡。这次她在梦里看到了妈妈,只见妈妈正站在山坡上冲她招手:"秋梨,快过来,妈妈打工赚了钱,现在接你去城里过好日子了!"秋梨高兴地向妈妈那边跑去,可是无论她怎么跑,就是跑不过去,她想仔细看看妈妈,可是妈妈的脸却越来越模糊,秋梨呼喊着"妈妈——妈妈——"

"妖精,快醒醒!怎么又做噩梦了!"姥姥把秋梨从梦中唤醒。

秋梨揉揉眼睛:"我好像忘了妈妈长什么样了。"

"说什么胡话?你妈妈不是一年前刚回来看过你吗?赶紧洗脸吃饭了!我还要去地里干活呢!"

秋梨一撇嘴:"你都没地了,还说去地里干活。"

姥姥一点秋梨的小脑门:"你这个小妖精!"

姥姥家以前其实是有地的,而且和秋梨家的地挨在一起。那个时候地里种着一大片一大片的麦子,那麦子金黄黄的,似乎都能流出油来。每年在正式收割之前,村里人都喜欢在地头用麦秆拢一小堆火,然后摘下几把麦穗扔进去烤。火不能太旺,否则会把麦穗烤煳,必须得是那种被风吹着会忽明忽暗的小火,才能把麦穗烤得十里飘香。等烤得差不多的时候,大家便会用那一双双布满老茧的手揉搓着麦穗,把麦粒上的皮搓掉,把剩下的香喷喷的麦粒塞进各家孩子的嘴里。秋梨试过自己搓麦粒,但是那麦粒太扎手了。

后来去城里打工的人越来越多,村子里的地便都被租了出去,各家聚在地头烤麦穗的场景便基本看不到了。姥姥家的地也租出去了,因为她已经干不动地里的活了。不过她依然喜欢把"侍弄菜园子"叫作"去地里干活"。外出打工的多了之后,村子里便是老人多、孩子多、空房子多、荒菜园子多。姥姥见不得地被撂荒,就把别人家的菜园子,也都种上了黄瓜、豆角、西红柿、香菜、臭菜、大白菜……夏天到来的时候,这些菜园子就像一座大宝库,要什么有什么,秋梨也乐此不疲地穿梭其中,尽情玩耍。

二

阴历七夕这天傍晚,秋梨小心翼翼地端来了一盆清水放在黄瓜架下面,然后往垄沟里一坐,静静地盯着水面。刚被晒了一天的垄沟,坐起来热乎乎的,特别舒服。姥姥说,七夕这天要是在黄瓜架下面放一盆清水,就能看见牛郎和织女相会,有的时候还能听见牛郎和织女说话呢!不过姥姥还说,必须得是从没说过谎的孩子才能看到。

秋梨等啊等啊!等星星一颗一颗冒出来的时候,突然水面上闪过一个影子。

"是织女吗?"秋梨一下子来了精神。

水面晃动着,那个影子在月光的照射下渐渐真切起来,只见它暗红色的身体,长长的嘴巴,尖尖的耳朵,黑亮亮的眼睛,还有一条毛茸茸的大尾巴。那并不是织女,而是一只狐狸!

"你就是妖精吧?"水里的那只狐狸对她说。

"啊!"秋梨被吓了一跳,一抬头突然看见一只小狐狸正站在她的面前,原来水盆里的狐狸,只是它的倒影。

"你是真的狐狸吗?"虽然狐狸山上曾经有过很多狐狸,可是秋梨却从来没有见过。

那条曾经出现在她梦里的狐狸尾巴现在就真实地晃动在她眼前,让她忍不住把手伸了过来。

小狐狸往旁边一闪:"哎!别碰!狐狸尾巴不能随便让人摸。"

秋梨有点失望:"每天晚上敲我家窗户的就是你吧?我曾经在窗户上看到过你的影子。"

小狐狸一本正经地说:"我可不是普通的狐狸。我是狐狸山的守护神,负责守护整片山林。"

"守护神啊!那你一定很厉害吧!"

小狐狸骄傲地昂着头:"那当然,狐狸山有很多动物,但是守护神只能是狐狸,而且只能是狐狸当中法力最厉害的那个。"

"哇——好厉害!"秋梨忍不住地拍起了巴掌,"那么狐狸山的守护神,你为什么要每晚来敲我家窗户呢!"

"我想找你帮我办一件事情……"小狐狸神秘兮兮地说,月光映在它的眼睛里,照着它的眼睛闪闪发亮。

秋梨静静地听着,可是姥姥的声音却突然传了过来:"妖精——该回家了!"

小狐狸被吓了一个激灵:"我得走了,记住!明天傍晚,到村口的水井旁等我。"然后便一头钻进黄瓜地,消失在了黑暗之中。

秋梨冲着狐狸离开的方向喊道:"我一定会去的。"

"你在和谁说话?"姥姥走过来问。

"一只狐狸。"秋梨兴奋地回答。

"说什么胡话？这山上哪还有什么狐狸了。"姥姥端起黄瓜架下的那盆水，"看到牛郎和织女了吗？"

秋梨摇摇头，她现在对牛郎织女不感兴趣，她只想让明天快点到，好能再见到小狐狸。

三

第二天太阳还没下山，秋梨便早早地来到村口的水井那里。那里平时没有人来。只有几只鸭子在那片空地里悠闲地啃着青草。秋梨坐在石头井沿上，虽然周围的热气还没消退，但从井口传过来的凉风却让秋梨感觉很凉爽。她往井里看去，那井很深，能看到她的影子在最下面亮闪闪的地方晃动着，晃着晃着，似乎她的影子就变成了妈妈。

是不是妈妈以前打水时，影子掉进了井里，它知道秋梨想妈妈，所以就又从井里冒出来了呢？秋梨正胡思乱想着，就听鸭子们"嘎嘎嘎"的一阵乱叫，然后便像见了鬼似的连飞带跑地逃掉了。当然了，鸭子看见狐狸怎么能不害怕呢！

小狐狸迎着夕阳的最后一抹金光，迈着稳健的步子向秋梨走过来。它浑身金光灿灿的，似乎每一根茸毛都是金子做的，让人不由心生敬意，这可能就是守护神与生俱来的气质吧！

"妖精，你好。"小狐狸很有礼貌地和秋梨打了个招呼。

秋梨说："只有姥姥才叫我妖精。其实我的名字叫秋梨，我是秋天生的，姥姥说那个时候狐狸山的野梨树上长满了梨，所以妈妈就给我取名秋梨。"

"哦！那应该叫你秋梨妖精。"小狐狸严肃地说，"我妈妈说妖精的法术都很高强。你能施个法术帮我赶走狐狸山上的那些铁皮怪物吗？"

"铁皮怪物？"秋梨有点糊涂了。

"就是那些长着大爪子的,走起路来轰隆轰隆响的铁皮怪物。还有那些个子特别特别高,往土里钻洞洞的铁皮怪物。它们来了之后,山上的鸟都吓得不会下蛋了。"小狐狸用手比画着,那样子看起来特别可爱。但它马上就发现了不妥,立刻又恢复到了原来那不苟言笑的样子。

秋梨知道小狐狸说的铁皮怪物是什么了。前几个月狐狸山来一个工程队,据说要在山里盖别墅,他们先是砍了很多树,现在正在打地基。所谓的铁皮怪物其实就是那些施工机器。

"你不是法力最厉害的守护神吗？为什么你不自己施个法术赶走它们？"秋梨问。

"我……"小狐狸支支吾吾地说,"就是因为法力太厉害了,怕伤害到你们人类,所以我不能轻易出手。像你这种小妖精就足以帮我把这件小事办了。"

秋梨为难了,她根本就不是真正的妖精,又怎么会法术呢！

小狐狸见秋梨不吭声,就狠了狠心说道:"如果你能把它们赶走,我就让你摸我的尾巴,随便摸！"

"我真的帮不了你。"

"为什么？"小狐狸追问着。

"因为……"秋梨惭愧地说,"我是个没有法力的'妖精'。"

天上的星星一颗一颗升上了天空,就像是一只只忧伤的眼睛看着再也没有说话的秋梨和小狐狸。

那天晚上之后,窗外就再也没有响起"嗒嗒"的敲窗声,姥姥还念叨了几次"那只臭狐狸去哪了？"。秋梨一直希望小狐狸能再来找她,和她聊聊森林聊聊铁皮怪物,或者是什么都不干只是静静地坐一会儿也好,可是小狐狸却再没有出现。

暑假马上就要过去了,秋梨的妈妈来电话说她和爸爸在城里租个小房子,攒的钱也足够送秋梨进城里的小学读书,所以很快就可以过来接秋梨和姥姥。但是姥姥在电话里却说,秋梨可以走,但她绝对不会走。

秋梨说:"姥姥不去,我也不去。"

姥姥瞪了她一眼:"你必须去,妈妈是想让你去城里过好日子。"

"那姥姥为什么不去和我们一起去过好日子?"

"姥姥觉得现在的日子就是好日子啊!这里有这么多菜园子需要我照顾,这些地离开姥姥就会荒的,这地里应该长黄金的,长满荒草那多可惜。妖精,你去城里后,会想姥姥吗?"

"会啊!我会想姥姥,会想菜园子里的黄瓜,会想村头的那几只鸭子,会想那只狐狸……"秋梨的声音越来越小。

四

工程队那边已经正式开工了,很多大机器在那里忙来忙去,每天都能听到"叮叮当当"或者"吱吱嘎嘎"的声音。

"真是吵死了。"姥姥紧紧地皱着眉头,"说是盖什么别墅,把树都给砍了,真是造孽啊!"

那个工程队里,有邻居二小子的爸爸,所以二小子在秋梨面前总是很炫耀。

"秋梨,你不知道吧!那些别墅盖完之后会非常大,非常漂亮,有的墙是用整整一大块玻璃做的,我爸爸说那叫落地窗。哎呀,说了你也不懂。啧啧——漂亮啊！"二小子摇头晃脑地赞叹着。

秋梨有点生气："那么漂亮的房子是你住吗？"

二小子立刻像泄了气的皮球："那是给城里人盖的。真搞不懂他们城里人，我爸爸拼命打工想攒钱把我带到城里去，可他们城里人却花那么多钱想搬到咱狐狸山来住。"

秋梨当然也搞不懂。就好像妈妈说城里过的是好日子，但是姥姥却说在狐狸山过的是好日子。

"对了，你知道吗？前两天工地上出了很多怪事。"二小子神秘兮兮地说，"说一到晚上，工地附近就会来很多很多癞蛤蟆，它们的叫声一阵大过一阵，吵得人根本睡不着。早晨起来时还会发现伙房的锅用松树油子沾满了松果，那松树油子你是知道的，黏糊糊的，怎么刷也刷不掉。更有意思的是，那些大机器的玻璃上都被拉上了厚厚的鸟屎——哈哈哈哈！"

"那后来呢？"秋梨忙问。

二小子露出得意的神情："后来我爸爸就晚上领着几个工人偷偷守在附近，你猜怎么着？"

"怎么着了？"秋梨紧张地问。

"他们抓到了一只狐狸。原来那只狐狸是领头的，把它抓住之后，那些癞蛤蟆、鸟、松鼠就再也不敢来捣乱了！爸爸说要找人把狐狸卖了，据说狐狸皮能卖不少钱呢！等卖了钱，让爸爸给我买个变形金刚，他们城里孩子每个人都有变形金刚……"

二小子憧憬着他的变形金刚，可是秋梨却有点心不在焉，她在想，被二小子爸爸抓到的狐狸会是那只小狐狸吗？不太可能呀！那只小狐狸可是狐狸山的守护神，它法力最最厉害，怎么会被抓住呢！秋梨想来想去不放心，到底还是偷偷溜进了工地。趁着工人们吃晚饭的时候，在一个帐篷里找到了被关进笼子的小狐狸。

"真的是你呀！二小子的爸爸要把你卖掉呢！你赶快施个法术逃走吧！如果你怕伤害到其他人，那就用一点点的法术。"秋梨着急地说。

小狐狸故意把头扭到了另一边，喃喃地说："狐狸山的守护神只能是狐狸，而且只能是狐狸当中法力最厉害的那个……"

"我知道，你说过了。"

"可是我没告诉你，我之所以能当上狐狸山的守护神，是因为……我是狐狸山的最后一只狐狸了。我的法力很小，比'一点点'还要小那么'一点点'。但既然我是守护神，我就有责任赶走那些铁皮怪物，守护这片山林。哪怕狐狸山只剩下最后一棵树，最后一只鸟，我也要守护这里。"

秋梨愣住了，但片刻她就缓过神来，高兴地说："别担心，有我这个妖精在。我的法力刚好比'一点点'多那么'一点点'。我救你出去！"

秋梨找来一把钳子，刚想掐断绑在笼子上的铁丝，就听身后传来一个声音。

"哎！谁在那儿！干什么呢？"

秋梨赶紧把钳子背在身后，对刚进来的二小子爸爸说了一个连她自己都不敢相信的谎话："叔叔，二小子在村头爬树的时候从树上摔下来，把腿摔坏了，他让我过来找你……"

秋梨的话还没说话，二小子的爸爸就转身跑了出去。

秋梨叹了一口气："以后是别指望能看到牛郎织女了。"

她又看看笼子里的小狐狸："不过，要是能救你的命，也值了。"

秋梨和小狐狸从工地跑出去的时候，本来是很小心的，可是小狐狸那一身红彤彤的皮毛太扎眼,尤其是在夕阳的映照下,就像是一团火一样。不一会儿就被其他人发现了。

工人们叫嚷着追了过来,秋梨和小狐狸则拼命地跑,拼命地跑。跑过村口那个独木桥的时候,秋梨脚下一滑身子一歪,在那一瞬间她似乎看到了站在岸边的姥姥。"扑通"一声,秋梨掉进了冰冷的河里。她使劲扑腾着,可是越扑腾越往下沉,冰凉的河水堵住了她的鼻子、她的嘴、她的耳朵,可是她的眼睛却使劲地睁着——她绝对不可以闭上眼睛,只有死人才闭眼睛呢!

她最后吸进去的那股气息已经远远不够用了,她觉得胸口就好像压着一块石头,那石头越来越沉,越来越重,把她死死地压向河底。

这时她突然看见一团火向她冲了过来,那团火顶着她,把她的身体顶出了水面。姥姥连拉带拽地把秋梨从水里弄上来,心疼得都不知道说什么好了。小狐狸也疲惫地爬上岸,湿漉漉的皮毛贴在它的身体上,让它看起来就像一只瘦弱的野猫。

这时工程队的人也追到了这里,发现自己被骗的二小子爸爸也赶了过来。

"抓住那只狐狸!"大家嚷嚷着围了过来。

姥姥眼疾手快,一下子就抓住了小狐狸的脖子。秋梨吓坏了,她想起姥姥曾经说过,等她要是抓住小狐狸一定把它浸到水里淹死。

"姥……姥……"秋梨急得直结巴。

只见姥姥一下子把小狐狸抱在了自己的怀里:"什么狐狸?这是我家养的猫。"

二小子爸爸说:"秋梨姥姥!这明明是一只狐狸嘛!你看它的嘴巴尖尖的,哪有猫长成这样的?"

姥姥生气地说："我家的猫就是长成这样的,你们谁也不能动它!谁要是想抓走它,我就和谁拼命!"

"这……这……"大家都不知道说什么好了。

"走!秋梨,我们回家。"姥姥一手抱着狐狸,一手拉着秋梨回家了。

太阳落山了,月亮升了起来,虽然不是满月,但那晚的月色特别美。

五

秋梨着凉了,一连发了几天的烧。烧糊涂的时候,又梦见了妈妈。似乎妈妈就坐在她的身边,虽然距离很近可是却依旧看不清妈妈的脸。就听妈妈说:"秋梨啊!快点醒过来吧!你想吃什么,想玩什么,想干什么,我都答应你。"

秋梨说:"我想让自己的手快点长出老茧,这样就可以搓麦粒了。"

"又说胡话了。"妈妈说话的口气和姥姥可真像。

自从那天小狐狸救了秋梨,而姥姥又救了它之后,它每天都会抓一条鱼给生病的秋梨送来。姥姥说这个小狐狸虽然是个畜生,但还是挺有良心的,留下来养着也不错。可是秋梨知道小狐狸是不会肯的,因为守护神有守护神该待的地方。

等秋梨病好了之后,距离妈妈来接她的日子也没几天了。小狐狸知道她要走了,就给她带来一根枯萎的梨树枝。

"秋梨,这个送给你做礼物吧!山上的梨树都被砍没了,估计你以后也很难再吃到野梨了。"

秋梨接过这个特殊的礼物:"可是,它好像已经死了。"

小狐狸嘻嘻一笑:"别忘了,我可是会法术的,虽然比'一点点'要小'一点点'。"

小狐狸用手在枯萎的树枝上轻轻一抹："梨树梨树快开花……"

"唰"的一下,那根枯枝上竟然真的开出了一朵白色的大梨花。

"开花了,开花了!"秋梨拍手叫着。

小狐狸又是轻轻一抹："梨花梨花快结果……"

又是"唰"的一下,白色的梨花枯萎了,梨花的根部似乎很努力地想结成一个梨子。

"结果了!结果了!"秋梨又拍起了手,可是那"梨子"只鼓了一个小包,然后便又缩回去了。

小狐狸叹了一口气："对不起,我的法力还是太小了。"

"没关系,可以假装我已经吃到这个野梨了。"秋梨安慰它。

"那不行,这个不可以假装。"小狐狸眼珠一转,"要不这样,你不是一直想摸我的尾巴吧!我让你摸,就算是礼物。"

"太好了!"秋梨小心翼翼地抱着小狐狸毛茸茸的尾巴摸啊摸啊,最后把整个头都靠在了上面。小狐狸尾巴一圈,把秋梨的身体包裹在了里面。

"好暖和啊!就像是妈妈的……怀抱。"秋梨闭上了眼睛,她终于明白自己为什么那么想摸狐狸的尾巴了。

"秋梨,秋梨,你为什么哭了。"小狐狸问。

"我想妈妈了……"

"你不是很快就能看到了她了吗?"

"可我还是想……"秋梨轻声说。

姥姥送给秋梨的是一包泥土,姥姥说这包土是家乡的土,是宝贝,一定要保存好了。

离开的这一天,天空下着小雨。雨点打在大客车的车窗上留下一个又一个小水滴,小水滴又在大客车的颠簸下流淌下来,就像一行行的泪水。秋梨想这也许是小狐狸想送送她,于是就用它那比"一点点"还"小一点点"的法术下了这场小雨。

大客车开出狐狸山的时候,秋梨回过头努力的看啊看啊！她似乎在蒙蒙的雨中看到了姥姥和小狐狸。他们一老一小,站在狐狸山的最顶端,迎着风雨,守护着整座山,守护着他们的家。那一刻秋梨突然觉得自己像个叛徒,她抱着那包土和那根梨树枝嘤嘤地哭起来……

她一边哭一边打算着,她要弄个漂亮的花盆,用这些土把梨树枝栽起来,也说不定梨树枝能开花结果呢?